春天責備

周雲蓬　著

目錄

春天責備——自選詩歌

台灣版自序

周雲蓬 ……………………………………………………

我的書比我幸福，它就要去臺灣了，還要在那兒長久地定居。它會被某個台大女生捧在木棉樹下，或者在台南，夜雨敲窗的小屋裏，擺在一個東北老兵的案頭。它會瞌睡著想起東北的瀋陽、中街的「老邊餃子」、大帥府。要不然就塵封在某個小書店的書架上，左邊靠著瘂弦，右邊依著夏宇，此女飄忽不定，這下可無處逃遁了。我的書會一頁一頁追問她，為啥不給我寫序。

這本小書，前半部分是我當年居住在香山的時候，寫的短詩。那時我有小屋一間，前面幾棵枯樹，後面兩座荒墳。夜闌人靜，和貓頭鷹與刺蝟為伴，思考人類，玄想詩歌。後邊是我下山後寫的隨筆，落在現實裏了，舉手投足，都是大中國裏的小人物的雞毛瑣事。最後是綠妖寫的一篇有關我的小傳，採訪完她成為了我的女友，所以這篇報導寫得既客觀又有情。

我的書在大陸出版，已經發行了幾萬冊。這次它遠行臺灣，臨上路時，我還要千叮嚀萬囑咐：臺灣是漢語真正的故鄉，到那兒可要謙虛謹慎。我的文字有北方老白乾的粗冽，但人臺灣也有金門高粱酒。我的詩有會稽加飯的後勁，但人臺灣也有紹興老酒。所以，一定要做一本低調的書。實在不行就自我打折。

最後握握手，再鼓勵一下：莫愁前路無知己，海峽那邊朋友多。

感激我的大陸編輯尹曉冬，還有臺灣的王承惠、陳秋玲老師。以及為這本書推薦的胡德夫、林生祥、張鐵志、馬世芳、鍾適芳、初安民、顏艾琳、韓寒、梁文道，及作序的女詩人顏艾琳及林生祥、張鐵志、馬世芳諸兄。

序

和周雲蓬的一些事

林生祥

二〇〇八年四月我第一次去中國巡迴演出，最後一站在北京大學。雲蓬和我在夜晚北大校園的草坪踫面，現場還有一些音樂人，展開一場暗地低調的交流；初次見面時的印象中雲蓬人高馬大，戴著墨鏡，拐杖加一把空心吉他。雲蓬話不多，經過一段不短時間才鄭重其事的說：「生祥，我們唱歌吧！」他的聲音力氣感覺可以劃破什麼東西似的，我感覺我們是從這句話後開始認識的，並以歌唱、吉他介紹彼此。交流時間不長，結束後各自就踏上旅程，我心裡想：那天晚上認識的中國朋友，或許將不會再見面也說不定，誰知道！況且中國那麼大。回台灣後沒多久，我的女兒出生，本來就不適於社交的我，除了演出離家以外，其餘時間更是窩在美濃，很少參與社會事，也不會主動與人連繫，當然也沒有跟雲蓬通電子郵件；那時我很少使用電腦，電腦一直是我頭痛的弱項。

二〇一一年四月我又重回北大演出，時間過得好快，感覺像電影畫面剪接，一下子就跳過去了；演出前我跟三年前一樣，走到百年講堂建築物外抽菸，回想著三年前發生的事，憶起從上海來聽的樂迷、校外餐廳的熱啤酒、滿街飛飄的揚絮、校園草坪的音樂交流……。這三年來我們經歷了不少事：我做了《野生》、《大地書房》兩張專輯，增加了一名貝斯手，女兒轉眼三歲，父母親退休，開始意識到中年的承擔。而三年前匆匆一會後，雲蓬在音樂上的工作成績迅速爆發開來，幹了不少事也拿了不少音樂獎項，累積了巨大的名氣；我從朋友口中及透過網路得知他這幾年的消息，而我對雲蓬的了解也僅止於此，一直要到此次巡迴的紹興站，我們才又會有新的生命交會。

旅途中我才知道雲蓬已落腳紹興，當成音樂創作的重要據點，並且是因為雲蓬和紹興廣播電台的藝術總監李青在中間穿針引線，才在此行中插入紹興站的演出。雲蓬和我在紹興文理學院音樂廳的後台再次蹥面，他來當我們的演出嘉賓。我們熱情地握手，交換彼此的新作，我收到《牛羊下山》及《春天責備》的作品，並在彩排的空隙中閒聊這幾年的近況。彩排時我發現雲蓬換了新吉他，並且彈出很好聽的聲音，那是一把尼龍空心吉他，有時還加入了效果器的音效，雲蓬做出的聲音更成熟飽滿了。我坐在觀眾席聽著他的彩排，還心癢癢地跟他借琴來彈，真是好聲音！有錢也好想買一把。當天演出後，一起去了當地的南方書店，在那邊喝酒聚會，老闆還唱了幾段越劇給我們聽。我小心地喝著名產紹興酒，因為知道這款酒如果一過量會醉人，想停會來不及。果然有人醉倒了，是回旅館途中的貝斯手Toru。雲蓬和我同桌聊天，聊起他落腳紹興的事、紹興的歷史及大人物、中國的民謠音樂環境、對現下中國政治的感受、社經現實等等，同桌的朋友也問起臺灣的現況，我也聊了一些，也說了近年來在創作上的音樂想法。其實我喝了不少，雲蓬看起來也大概醉了，其他人酒意甚濃，於是拍了照片結束聚會，外面下著大雨，時空有點迷濛恍惚，後來永豐寫了一首詞送給雲蓬，而我在隔天開始感冒，一直延續到草莓音樂節。

從紹興離開往下一站的路上，我開始讀雲蓬的《春天責備》，我覺得我是從讀這本書，才開始比較了解雲蓬，以及他的音樂世代；讀著他身體缺陷的童年及求學往事、前往北京的民謠音樂摸索、猶如乞討者的經濟困頓、眾多民謠樂人的瘋狂交會……，尤其我真驚訝他幾次遠距離流浪的氣魄；我一路讀回臺灣，我還記得在路上跟永豐說，實在難以想像中國民謠音樂人早年面對的困境，雖然在臺灣的音樂人也得面對困境，但時空環境很不一樣。我很快就讀完這本書，雲蓬的文筆真好，還自己用電腦打字，這真鼓舞了我試圖克服電腦障礙。六月間一位年輕民謠歌手流浪到美濃，來家裡拜訪我，我把《春天責備》借給這位歌手，並告訴她這本書不能送，因為是作者送的禮物，果然在流浪美濃期間她讀完這本書，還給我了；我好想知道她在流浪路上與雲蓬的書激盪出什麼的心情。

出版社來信要我寫序，為雲蓬在臺灣發行的書寫點東西，老實說我不知道怎麼寫序，也從來沒寫過序，以前頂多出名字推薦，或寫幾句重點，但我接下了任務，因為我覺得應該讓臺灣的讀者，多了解中國新民謠音樂發展的現況，不管在政治的看法上是統、獨或維持現狀，都應該試圖理解這個巨變中的大國，我們才較可能看清未來的方向。我這個寫曲的人寫文到此，倍感艱辛毫無自信，真希望沒有害到雲蓬。不管如何，請美濃土地公多保佑了，還有，我會準備好高粱酒伺候即將來臺演出的雲蓬。

序

我所認識的周雲蓬：黃酒、詩歌、與自由

張鐵志

認識周雲蓬是在二〇〇八年五月的北京。那時我出版《聲音與憤怒：搖滾樂可以改變世界嗎？》的簡體版，要找人當新書座談嘉賓；編輯說，找周雲蓬吧，他前一年出版的專輯《中國孩子》很有社會批判性，很適合我的主題。

其實我前一年就在北京鼓樓旁的民謠酒吧「疆進酒」看過他演出，很喜歡。那應該也是我在中國看的第一次演出。沒想到後來我們會變成好友，也沒想到之後這傢伙會這麼出名。

就在那一兩年間，周雲蓬成了中國民謠的最知名的代言人，成為青年領袖、中國的文化界代表人物（今年東方早報評選過去「文化中國十年人物」，音樂界就是他和左小祖咒入選）。尤其中國孩子的命運似乎一天比一天悲哀，在二〇〇七年的這首歌之後，又發生毒奶粉事件、汶川地震的豆腐渣學校。老周自己說：「現實太給我面子了，總在孩子身上出事情。」

其實老周一點都不想被貼上抗議歌手的標籤，但他

確實相信：「我不能繞過所有跟音樂無關的問題一直唱歌……說有啥用呢？你一個唱歌的、賣破爛的，也有權說。一人說，聲音微弱，一萬人說，就是輿論。你不說，沈默地等著世界自動變好，那你等著吧。有一天，事情落在你頭上，將再沒有人為你說話。」

沒有比這句話更代表他的政治態度。

但是，「〈中國孩子〉這個音樂是一時的，以後人民生活幸福了，就別老想起來。如果老是想起這首歌，就證明這個社會還在輪迴。老是被傳唱，是社會的不幸。」

那天我和他的對談中，他也一直強調中國音樂剛從集體主義解放出來，所以最好有更多小情小愛的歌曲，需要更多地歌唱個體自由。我也同意我們要追求的終極目標是個人自由，但是否大家唱更多情歌，而不去表達對體制的憤怒，就能達到這個目標，我是比較懷疑的。

這是我們的小小歧異，但我仍然喜歡他極了：他的人，他的歌，與他的文字。

韓寒的雜誌《獨唱團》，所有人都公認最好的文章就是雜誌的第一篇：周雲蓬的〈綠皮火車〉。

二〇一〇年下半年他在出版新專輯《牛羊下山》之後，又出版了這本詩文集《春天責備》。今年一月在上海，在一個我心情極為低落的冬夜，我走進一個小酒館中，一個人哀傷地喝著酒，用《春天責備》來下酒。

去年老周和女友從北京搬到江南紹興，因為此地生活舒服、消費便宜，還有因為他喜歡這個城市的聲音，他說。

這個城市因為他而熱鬧起來。他把北京的民謠圈朋友請到這個在歷史上出過許多名人的古老城市來演出，且就在他搬來紹興的這一年，又出現兩個有特色的獨立人文書店。老城被重新注入文化活力。

我在今年三月春天來到紹興。晚上在「南方書店」講座，老周擔任嘉賓，一上台就說「代表紹興人民」捧上黃酒給我，而後我們邊喝酒抽煙邊講座。從未有此體驗。

次日中午又吃飯，他送了我一個小陀螺：這是他們家隔壁老店做的。飯後在他家附近的老社區廣寧橋一帶散步，真正是安靜古老的小橋流水人家，只是四方高樓成群：這彷彿是老周的生命情調的一則譬喻——在周圍一片浮躁中，他總是一副沈靜。但是，當他一開口，你完全可以感受到他的熱情、幽默，與強悍的內在力量。

他更大的能量是把對生活的熱愛轉化成美好的詩與歌，一如他在文章〈盲人影院〉中所寫：

> 「我把我黑暗的日子擰啊擰，擰出窗台上的一張專輯和一本書，為那些虛度的光陰命名，還有一些流逝的、不可命名的日子和人，為他們曾默默地微笑過存在過作見證。」

他去年的專輯《牛羊下山》與社會批判毫無關係。專輯大都是改編古代詞曲，只有一首是新做的詞：〈不會說話的愛情〉。而這首好聽至極的歌很快就成為新經典：

> 繡花繡得累了／牛羊也下山咯／我們燒自己的房子和身體／生起火來
> 解開你的紅肚帶／灑一床雪花白／普天下所有的水／都在你的眼中蕩開

不論牛羊是否下山或者是否要做中國人的孩子，不論是抗議還是愛情，我想，老周其實真正要追求的只是自由，是誠實歌唱生命的自由。

序

我心裡
忽然有一種很古的東西湧上來

馬世芳

> 我心裡忽然有一種很古的東西湧上來，喉嚨緊緊地往上走。讀過的書，有的近了，有的遠了，模糊了。平時十分佩服的項羽、劉邦都目瞪口呆，倒是屍橫遍野的那些黑臉士兵，從地下爬起來，啞了喉嚨，慢慢移動。一個樵夫，提了斧在野唱。
>
> ——阿城，《棋王》，一九八四

彼岸朋友提起周雲蓬，總是老周老周地叫，語氣親暱，很以他為榮的樣子。近年「中國新民謠」漸成氣候，老周是圈子裡動見觀瞻的指標人物。二〇〇九年他發起為貧困盲童募款的公益合輯《紅色推土機》，廣邀音樂人共襄盛舉，一呼百諾，收了二十六曲，歌手名單便是當代中國民謠的「點將簿」。老周顛沛多年，四海為家，去年終於在紹興安家落戶。當地文青雅士提起老周，也是掩不住的得意，隱隱然已把他和魯迅、徐渭、王羲之同列為當地「文化財」了。

老周走唱江湖，以詩歌名世，直到後來我們才發現他散文寫得極好。我是先在韓寒辦的雜誌《獨唱團》讀到他的自敘〈綠皮火車〉，文字沉著通透，極是動人。今年春天我帶著《春天責備》去了趟江南，一路讀完，正好到紹興，於是央朋友帶我去了他在市場裡的寓居處。老周出城走唱去了，我們緣慳一面，但仍站在門前一臉觀光客傻樣地拍了照片。以為這麼或許更能讓我貼近他作品的溫度濕度，那股始終湧動的「接地氣」。

周雲蓬生於一九七〇，長我一歲。彼岸的同輩人，童年與青春期依稀留有文革末期毛時代盪漾的餘波。改革開放潮起，鄧麗君、劉文正從短波收音機和外地歸鄉的親戚捎回的翻錄卡帶遠遠唱過來。朦朧詩、傷痕文學、報導文學一波波沸熱，民眾在新華書店大排長龍搶購終於「解禁」的卡夫卡、尼采、卡謬、佛洛依德、海德格……。有那麼一段時間，「音樂」與「詩歌」這兩個詞總能在彼岸青年心頭搧起燎原大火。一首詩經過千萬人摩挲傳抄，足以改變一代人面對世界的眼神和膽量。詩歌不僅僅是消遣與妝點，更可以是生死交關的寄託。

周雲蓬和他唱民謠的同代人：小河、張瑋瑋、張佺、吳吞、萬曉利、鍾立風、李志，那樣的時代，是他們的精神原鄉。這些名字在台灣罕有識者，在彼岸也難說家喻戶曉。他們四處走唱，以路為家，偶爾出唱片，也多是「手工業」狀態的小量發行，有緣有心之人方能得之。但我想，再過幾十年回望世紀初的中國樂壇，能夠留到下一代的不多的歌，恐怕多半還得往他們的作品中尋找。

所謂民謠原是「很古的東西」，然而世風不再，民謠的定義也早已延伸變形，裝進了現代化、都市化的容器。近世中國變化何等迅烈，樵人提斧野唱的條件已不復得，就連崔健那代人來自父輩的民樂教養，也成了奢侈的傳說。一代人必須各顯神通，發掘源頭活水。民謠這東西，可以野氣十足，可以文質彬彬，但正因形式單純，站上去無遮無掩，總得底氣十足，纔能駕馭得來。我總覺得這個時代真正了不起的民謠，要嘛就該是野孩子，粗服亂頭，不掩國色。要嘛就得積澱出幾分實在的教養，向樂府詩看齊。前者是天賦，後者得下死工夫。而你我都明白，有自覺、有能力這麼做的創作者幾希，周雲蓬是一個。

周雲蓬是紮紮實實生活的人，也是口袋滿滿裝著經驗與故事的人。最好的民謠，從生活中提煉出來，成為精純的詩歌。沒有那麼點兒破釜沉舟的覺悟，對自己不夠狠，一切經驗便只能成為佈景，搆不到深處。文章之事，亦可作如是觀。整本《春天責備》，或可視作一曲長長的歌謠，一折一折唱下來，敞亮，坦誠，靜水深流，足以令我等經驗匱乏者目眩神搖。

序

周雲蓬你播盲人影院給我們看

顏艾琳

每個人都有一個自己的盲人影院。周圍是空蕩蕩的無邊無際的座椅，螢幕在前方，那不過是一片模糊的光。我們在黑暗中誤讀生活，自言自語自說自話。只有想像它真實如流螢，在我們的現實和夢境裏盤旋閃爍。一個現實的人，也就是一個抱著自己冰冷的骨頭走在雪地裏的人，而想像是我們的裘皮大衣，是雪橇、篝火，是再也無法看到的螢幕上的春花秋月，最後，等著死神，這個領票員，到我們身旁，小聲提醒說，電影散場了。他打著手電筒帶我們走出黑暗。

我的文字，我的歌，就是我的盲人影院，是我的手和腳，她們甚至比我的身體和房屋更具體、更實在。感謝她們承載著我在人群中漫遊，給我帶來麵包、牛奶、愛情和酒。

——引自〈盲人影院〉

周雲蓬的眼睛不是真瞎。因為明眼人不會像他看那麼多書、懂得那些個哲理、人生的信仰。他是個明心見智的行者，走過大半個中國，盲杖是他武器的偽裝，音樂則是他的氣功、太極，足以初聞之一霎那，就受傷或治療，就感到一股氣沖到咽喉、眼淚被逼到懸崖的極限；就覺四肢舒暢、仰首欲長嘯。哭笑之間，由不得對手反擊。

周雲蓬的聲音裡有一條路，連接他的詩和詩人們的作品，你若聽著聽著，便回到唐朝、宋朝、城市的輝煌夜景、蒼涼的雨夜、鄉下無以名狀的那種無聊的寧靜、男女情愛的離合、有勇氣跟悲苦、也有瀟灑與難捨依依。那聲音把吉他的六條弦降伏，背景音樂都成了仙女散花，我們要見的是那飄然來到眼前的絕美幻象。那條路讓人上天堂，也走到可以俯瞰地獄的火山口，而老周卻說，「音樂不在空中，它在泥土裡，在螞蟻的隔壁，在蝸牛的對門。當我們無路可走的時候，當我們說不出來的時候，音樂，願你降臨。」對，他的聲音有時空降，讓一顆心高高低低、抓不到這世上的真實，只能將眼睛閉上，消掉時空感，如懸宇宙虛空中。周雲蓬是我目前遇到，唯一一個，男的飛天。

顏艾琳你瞎了，飛天哪有蓄鬚留長髮？對，我瞎了很多次。我以為自己堅持愛情，愛情就不老；我以為不上班、時間就自由；我以為不教書、就不擔心年輕人；我以為化了妝會更美、我以為喝酒不會醉、我以為再不碰感情、我以為沒人真正想了解我……我以為是聰明人，便看清現實，卻老是碰壁、受傷。這不是瞎了是什麼？還不如跟老周一樣閉起眼，把向外索求、觸摸的雙手收到口袋裡，吹一段口哨，自嘲自己是個失敗的思想者。所以，飛天、天使就不能現搖滾模樣來度化人？假如這世界有一億八千萬的龐克族跟搖滾人，他們都不需飛天來引導一條明路？

看看周雲蓬寫的〈饑餓藝術家的饕餮大餐〉，他在龍蛇雜處的地方多機伶，要是我，只能擺一張臭臉、斷掌隨時準備拍人。那篇寫的人影、話語、味道，敘述生猛有趣，他若不是飛天，有靈通，盲人可以寫出如此畫面？不然就是他在想像中自導自演，騙我在宋莊曾有這樣一個聚會。沒關係，我認識那兒一掛畫家、詩人，我來偵探一下，是否周雲蓬紅酒兩杯下肚，眼睛就開了？還有〈嶗山道士小青島〉，老周又騙人，「大部隊到齊，真是一個人山人海，數一下，有六十多人。問小河怎麼坐，小河說：都坐一起，把桌子拼起來。聞此聲，飯店老闆面露迷惘，估計是調動了腦子裡所有的幾何知識，在想怎麼拼桌子。有人建議擺個T形，有人建議擺個王字。老闆更茫然了。」人家表情迷惘、茫然，他寫成一副無能的傻樣，叫我邊讀邊笑。

也有讓人感受到，老周抒情、豁達的一面。「拿出事先買好的啤酒和煮雞蛋，喝上兩口，於是世界就成我哥們了，坐在我旁邊。」那是他首次單獨上路到遠方的心境。這樣無懼的輕鬆，就連一般人都不見得有，老周卻睜著一雙非常朦朧的眼，上路、張望、寫詩、歌唱。從他的詩、文章中，我讀到他溫軟的、慈善的心腸。他的詩，不只是看而已，還是能唱的電影主題曲。因為，周雲蓬的《春天責備》，是他播給世人看的一部超級影片。

序

推薦語

梁文道 ………………………………………………

「像周雲蓬和左小詛咒這樣的音樂人，
我都非常喜歡。
他們都是很有良心、誠實的音樂人。」

序

溫暖和百感交集的旅程

羅永浩

二〇〇三年前後，我和幾個朋友每週都會去北四環的「無名高地」酒吧，看民謠歌手小河的演出。有一天，小河突然拔高嗓子，唱了一首明顯不是他的風格的歌，旋律異常動聽，因為幾乎是清唱，所以歌詞也聽得清清楚楚。當時氣場頓時異樣起來，我們都覺得好像這不是庸俗的「歌詞」和「歌曲」，而是久違了的「詩歌」和「音樂」。

小河唱完下來喝啤酒，我們湊上去問這是哪位高人寫的歌，小河說，這是我的一個朋友，著名的盲人歌手周雲蓬寫的。我們當時全驚了，你沒法相信一個盲人能寫出這樣的句子：

解開你的紅肚帶
灑一床雪花白
普天下所有的水
都在你眼裏蕩開

這首歌叫做《不會說話的愛情》，除了小圈子裏的文藝青年通常會喜歡，它也具有成為一首大紅大紫的經典流行歌曲的全部元素，但最終卻沒有成為傳唱一時的時代歌謠。一個默默無聞的牛逼作品有時候會使你忍不住心生感慨，它讓你很想對著一個走寶的時代說，傻逼，你不知道你錯過的是什麼。

後來我終於在「無名高地」見到了一次周雲蓬，他身材魁梧，長髮披肩，戴一副墨鏡，在昏暗的酒吧燈光下顯得很嚴肅。那天他上臺連著表演了幾首，不知道為什麼，都是翻唱臺灣的老歌，我覺得沒什麼意思，就提前走了。這之後不久，我搬家去了天津近兩年，就很少再去「無名高地」看演出了。其間周雲蓬的第一張專輯《沉默如謎的呼吸》正式出版，我在福聲唱片買了一張回來聽，感覺一大半的歌曲都很喜歡。又過了幾年，他的第二張專輯，也就是後來廣受好評的《中國孩子》也出版了，我聽了之後很意外，因為周雲蓬給我的感覺一直都是一個很自我的老文青，沒想到突然寫起了厚重有力的、充滿現實關懷的作品。好像很少有中國的民謠歌手作這樣的嘗試，雖然對民謠來說，那本是一個古老的傳統。

再後來，在我的朋友張曉舟組織的一次飯局上，我又見到了久違的周雲蓬。一頓飯吃下來，才發現他其實是一個非常開朗樂觀的人，並且有著骨子裏善良的陰損幽默感，讓我倍感親切。這時候我已經做了兩年牛博網，就邀請他在牛博上也開了一個博客（盲人大俠周雲蓬老師借助一些語音軟體，可以自己收發手機短信，還可以自己上網流覽和寫作！）。

由於《中國孩子》取得了較好的市場成績，周雲蓬的生存狀況改善了許多，音樂生涯也從早年的「流浪賣唱」變成了今天的「巡迴演出」。和很多潦倒的時候讓人誤以為不靠譜、沒追求的文藝青年一樣，周雲蓬的處境變得好了一些之後，很快也顯示出他「可以做更多的事」。今年春天，周雲蓬發起了給貧困盲童提供捐助的「假如給你三天黑暗」計畫，聯合二十多位國內的優秀民謠歌手，共同推出了一張備受讚譽的慈善義賣唱片《紅色推土機》。在這次活動的文案中，周雲蓬說道，「我無法承諾為某個盲童帶來一生的幸福，這個計畫只是一聲遙遠的召喚，就像你不能送一個迷路的盲人回家，但可以找一根乾淨光滑的盲杖，交到他手中，路邊的樹、垃圾箱、風吹的方向、狗叫聲、晚炊的香氣，會引導他一路找回家門。」

我作為一個一首詩也不敢拿出來見人的前詩人，這一次有幸應邀為周雲蓬老師的這本詩文集作序，倍感惶恐。為了鄭重其事，我用了一個下午加晚上的時間仔細讀了一遍書稿，有些關於掙扎和成長的段落還顛來倒去地看了好幾遍。整個心潮起伏、充滿驚喜的閱讀思考體驗，對我來說，是一個「溫暖和百感交集的旅程」（余華語），非常希望能將這種措手不及的幸福拿來和大家分享。

最後，我想套用愛因斯坦讚美甘地時用過的著名句式表達我對周雲蓬老師的喜愛和敬意：後世的中國音樂人可能很難相信，在那個賣唱的藝人要被抓去刁難盤問、吟遊的詩人要被查一種「暫住證」的艱難歲月裏，有過這樣一個雙目失明的血肉之軀，背著一把破琴孤身上路，喝著酒，抽著煙，躲著員警，泡著妞兒，拮据時偶爾逃著火車票，唱遍了這片土地的山山水水和角落。

二〇〇九年十一月

春天責備

自選詩歌

春天責備

春天
責備上路的人。
所有的芙蓉花兒和紫雲英，
雪白的馬齒咀嚼青草，
星星在黑暗中咀嚼亡魂。

春天
責備寄居的人。
笨孩子攤開作業本，
女教師步入更年期，
門房老頭瞌睡著，死一樣沉。
雪白的馬齒咀嚼青草，
星星咀嚼亡魂。

春天
責備沒有靈魂的人。
責備我不開花，
不繁茂，
即將速朽，沒有靈魂。
馬齒咀嚼青草，
星星在黑暗中
咀嚼亡魂。

火車站

「讓我們把火車司機叫醒
骯髒的旅行袋拖著疲倦的人群」
——題記

檢票口吱嘎嘎地正在放行
我們連同火車
一起為遠方喘著粗氣
我要買半票
我身高不足一米
我打仗受過傷
我還未被勒令退學
我精神錯亂整夜不眠
尾隨大紅大綠的節日
無數平凡的晝夜
排成黯淡的歲月

是怎樣的嘴

吞噬了異鄉的孩子
把他們消化成喧嘩與霓虹
又嘔出失敗者
用他們去滋養廣闊的鄉村
蜷縮在廣場角落裏的人
打著瞌睡正夢見曠野
一排排砍伐後的樹木
只剩下滿地落葉和裸露的樹根

「先生，您住店嗎？」
「行行好，我要回家只差五元錢……」
我們決不上當
因此旁若無人
踩著一張張飄忽的臉
深一腳淺一腳走向鐵柵欄
或許有一滴淚落下
所有的人將為之駐足回頭

或者有一次真正的戀愛
列車就不再準時出站
而我們是一些軟弱的人
畏懼那一小本列車時刻表
畏懼大鐘的報時聲
畏懼鞭子
畏懼鐵軌
——怕它命運般囚禁道路
來，重新洗牌
重新回到牌桌上
混入雜亂輕盈的紙牌中
期望著被一隻手重新抓起
然而有母親
她和春節在一起
正蹣跚著挪向故鄉的月臺
她看見高大的火車
念叨
兒子
你啥時候結婚

極晝

還沒到秋天
街就空了
街隔著玻璃窗伸手乞討
他想要一個來自遠方的髒孩子
我舉著槍準星巨大如天
沒有一個仇人能讓我恨到底
因為焦慮雨水只能撕碎自己
我跟隨這個瘋子跑遍世界
鑽又黑又長的隧道
為自己的呼嘯震聾耳朵
就怕靜下來
被世界想起
扭送到最前排
看鬼在路邊梳頭
一隻孤零零的手挖掘天空

轉身

灰色的夜駝著背坐在床頭
請別轉身
我害怕重重疊疊的夢魘
滑下去
眼眶中生滿黯藍的水草
失望的天空越走越遠
離棄了背叛他的土地
請別轉身
我害怕愧疚
自己撕扯自己的頭髮
將前半生連根拔起

披黑火的神倒退著壓向我
請別轉身
我害怕突然的復明
彌留的深淵，月光朗照
看不到一個往昔的親人

水的一生

漩渦瘋狂的沙漏暴風雨臨盆
冷卻成鵝卵石的皺紋動就是生
一圈圈漾著焦慮八千英尺深處幽暗的苦悶
美人魚月光中的鮫人泡沫沉船破碎的漁網岸
燈塔海鳥冰山白鯨噴射的水柱荒島上的篝火珊瑚礁精衛的怨恨洛神
鐘乳石井中的哭喊一九三八年的洪水烏鴉銜起石頭奧德賽開始漂泊西湖裏的白蛇
塞壬歌唱溺死者尋找替身衰老的龍王大西洋底的古國蒸騰的沼澤瀑布滂沱窮人多餘的精液
湘夫人的婚床元稹的滄海巫峽的神女死魚眼中的黎明始皇帝期盼永生的眼沉沒的仙山
老子的善被分開的紅海阿拉臘山上的方舟伯牙折斷流水瞿唐賈的輕薄
李白撈月赫拉克利特渡河婚禮上的水變成酒絞刑架上憤懣的血恒河沙般多的佛
瘋子身後的忘川初夜女子的淚羊皮紙上流過約旦河中國

人的腎許由濕潤的耳朵
約拿在魚腹中遇見上帝滄浪之水濁兮屈原洗腳莊周知道
魚的快樂
西施在越國曬衣服紂王在北方支起油鍋雪萊的靈魂盈滿
海水吊瓶裏殘留著不新鮮的歲月

呃

隔壁的女子
總有男人在夜裏敲你的門，我也想
我攥著皺巴巴的目的
我在夢裏殺人　放火

白天你出門倒水趿拉著鞋
我們遇見，我們不說，彷彿有個老師跟在後面
而夜裏，總有男人敲你的門
我在夢裏殺人　放火

如果我是屍體
就該投入明亮的白晝焚燒
在陽光下請你喝一瓶啤酒
談談春天，然後，告訴你我有多想女人

失業者

我們活在租來的房子裏
我們活在公共汽車裏
我們活在蒙著灰塵的書裏
我們活在電視的螢光幕裏
一旦有一天看見了藍天
我們就成了失業者

黑暗中，工人階級穿著拖鞋趟過淺淺的睡眠
我們無事可做
所以太陽也無事可做
所以上帝也無事可做
只有衣衫襤褸的死神
提著籮筐忙著撿拾空空的生命
而所有的廢品收購站都關門了
所以我們還將活著
和神一道
互相眺望

阿炳

不再吸毒，你不能活嗎？
不再尋找妓女，不再拉二胡，不再懷念早逝的母親
忘記陽光
就那麼坐著
在燈火稀疏的無錫
誰也不了解你
比死亡還黑暗的心中
一隻手叩響門環

不再脫掉鞋子，不再咬牙切齒
摘下墨鏡
世界將手足無措
你去摸火焰嗎？
但只摸到了疼痛

梅雨之夜
摟著你的女人

背著歷史說話
門外
一盞長明燈
在為死去的江南守靈

嗅

樹林裏潮濕的空氣
腐爛的落葉
我嗅到自己的壞運氣

沙塵瀰漫道路
除非我永遠耽擱在旅店裏
晚間新聞響徹大地的每個角落

我嗅到了樹的香氣
壞運氣枝繁葉茂
芬芳如處子

我嗅到饑餓冰清玉潔
凍住光
讓它無法回到天上

道

我夢見自己是個軟弱的人
像一攤爛泥
渾身都是腳印

我夢見自己像「道」一樣軟弱
被扭成麻花
被擰緊，嵌入枯樹
在彎曲皺褶中
淡淡地微笑

我夢見，舉起的手
已物化，成了門的一部分
而門依然緊閉
蒼天決堤
湧入我空洞的眼睛~(*)_=+^%#$*(-_#

吃完一碗麵條之後

大光乍現
八千里水路頹然倒下
坐下或者睡去
再沒有向前的火車站
所有你住過的房子都點起了燈
那些房東面容愁苦
如今是最後一所房子
最後一月的房租已交出
最後一面牆阻絕時間的奔流
最後的虛弱
灰塵大雪一樣漫天飛舞

江南

好像沒有水絕對的透明
溺死者劃燃火柴尋找替身
扯起光明的裸體
任憑鳥兒、詞語自由穿越
而在多毛的陰處
嫉恨正悄悄膨脹充血
我以睡眠的方式遠行
昏睡著行盡江南數千里
忽然夢見
北京
凌晨三點的公共廁所
夢見
一架陌生的鏡子
我的老婆擁被而坐
徹夜難眠

一天

上午——
一個要出遠門的鄉下人
他收拾著背包侷促不安
下午是我——
一個臺階上曬太陽的病人
而夜晚，我不知道他是誰
他不和我說話
決絕地背過身去

有什麼聲音徹夜不息
是露宿人的鼾聲
是樹根在啃食著泥土
一滴雨尖叫著落向大地
是人在呼喚著神
或者
灰塵在呼喚灰塵
星光下
一千個失眠者列隊靜默
今夜，沒有愛情
我憐憫老邁的天空

寫作

夢裏，再一次
買火車票
老媽排在隊尾
蹣跚著挪動
快到窗口時，我說
不想去了
我見過海
前年在青島住了幾個月
並且，到站的時間是晚上十點
我又要在候車室熬上一夜
我們就去另一個視窗退票
有一個孩子掉進深井
依稀感覺是我舊日的同學

我和許多人圍在井口
用棍子探入水中
結果只有水的滾動
火車站
所有的廣播都興致勃勃地報導著溺水事件

我醒來
躺在北京的公寓裏
有一列火車正幽幽地駛過……
我寫作
在電腦前
沿著未來的柵欄走向側面

今夜

今夜
我想起楊小燕
在西寧火車站的候車室
我想起陳思維
湘雅醫院
她有個瘋姊姊
我想起魏匀
岳麓山下，她撐著一把透明的雨傘
我想起蕭紗
電話裏問我
你在哪兒？
我想起古蘭丹木
她七個月的孩子不幸夭折
我想起卓瑪
那曲的草原賓館
有牛糞的香氣

我想起路春
在六月的江南
她說
我叫路春
我想起宮蔚
她住在浦東
我想起陳麗
她說
上海姑娘都那麼現實
我想起小明
我們這一代人命都不好
想起安薇
她說
你一定要記住我
我想起基督的媽媽
那些落落寡合的少女

盲人影院

這是一所盲人影院
那兒也是盲人影院
銀幕上生滿潮濕的耳朵
聽黑蟻王講故事：
有個孩子
九歲失明
大半生都在一所盲人影院裏
聽電影
他想像自己學會了寫詩彈琴
走遍四方
整夜整夜地喝酒
愛過一個姑娘
也恨過一個姑娘

思考過上帝
關心國家種族
最後絕望
發瘋不知所終
回到盲人影院
四下裏座椅翻湧

三十五歲
黑森林低聲歌唱

我的名字

大鵬
克服了九萬里天風
野馬也
塵埃也
三千世界的呼吸

我寧願叫雲蓬
毫無方向的宿命者
一隻麻雀驚起
滴水穿石
些許懷疑
都是命運

羊跑了
大路有岔路
岔路有小徑

還有草原一樣眾多的我
我就吃自己喝自己
和自己結婚
撞倒了自己
又將他扶起
把他當做路人

但終於會厭惡
捶胸頓足
嘔出無量數的祖先

中年人

是否三十歲是一種墮落
是否終日無事可做是一種墮落
是否在午夜之前入睡是一種墮落
我偷偷地
潛入晝與夜的過道
那兒有一個星期八與我邂逅
一千位千手觀音跳舞
一千面鏡子隨風飄落

以倒栽蔥的方式
我被種下
頭枕沸騰的蟻穴，踢踏著雙腳
夠著天堂
等待能有一顆命定的小星
將我提起
——這沉重的吊桶
摶扶搖羊角而上
——大地迅速墜落
我倒掛著旗幟向失敗攀登

然最終只能是星期天
星期八永在彼岸

每個想入非非者止步
星期天的深處
潮濕的風
說，回去吧
回吧
去晾曬冬天的棉衣
打開窗戶點燃艾草

躊躇於深秋
被蒼白的莊子捉住
他將我囚於轉輪的中心
——那兒一片寂靜，響著盤古的鼾聲
我期望一隻瀕死的蚊子
吸我的血
這新鮮的癢
我要抓住它
逃出牢房

兒孫

我的兒子
在外地出差
自從離婚後
他就很少回家
孫子愛上了一個姑娘
並且

使她懷了孕
要去醫院墮胎
要貸款買房子出國

而下午的陽光溫暖寧靜
一切都懶得發生
我還沒有妻子
月臺上
環行公共汽車空無一人

午後的陽光
歧路縱橫

兒孫如恒河沙眾多
如一支煙
還未點燃
那些狗男女
隱於半明半暗的窗簾
竊竊私語
焦躁地跺著腳排隊等候

只是
這疲倦的深秋……

書生

繞過詞語
「不許動」
一支槍逼向我
我不動，高舉雙手
呆站著
經年累月
恍惚間，白了少年頭
苦膽染黃書頁
等我頹然倒下
露出一個人形的空洞
故事已殘缺
不再使人感動

北方

北方
沒有暖氣
一任沉重的煤堆滿山西

北方
空氣凜冽且新鮮
治癒了倦怠者憂鬱的肺病

從北京一眼望到漠河
沒有母親
沒有村落
黯淡的春節
高舉豬頭
成為惟一的篝火

北方
一台舊彩電
螢光幕裏

流著奶與蜜
天線、開關上爬滿饑餓的螞蟻
細碎的牙齒蠶食金屬
如千萬隻伶仃的腳踩過雪地

免罪
不追究誰
北方大雪茫茫
沒有行人
母親們饑餓
坐上鐵路

張開血盆大口
不為吶喊
只有老虎
毛色斑斕
照亮環保主義者的客廳

胭脂井

別讓一口井看見你
那枯乾的眼
注視之下
你會懷疑已有的幸福
懷疑家庭愛情

離家出走
去北京
年復一年地漂著
就因為那枯井
有死不瞑目的冤魂
盤旋於井壁

只看了一眼

就永遠的晦氣
就要負責任
把屍體背上來
還要救活他
給他戴上王冠
得到他的赦免
才能安心上路

戀愛

我們在別人的家裏戀愛
早晨
被陌生的主人叫起
疊好被褥清潔整齊
不留下血跡和精液
我們微笑
如粉刷過的牆壁
比白天的燈光還膽怯

但只要有火車
它英雄般隆隆地開走
昭示希望和死的可能
你是另一條鐵軌
在我身旁
沒入過去未來的地平線
我們曾經
就要
合二為一

獲救

只有一天，一個小時，一個瞬間
我們有機會獲救
剩下的日子都是昏昏欲睡的麥田
拒絕做善良的糧食
一根刺憤然脫掉血肉
準備去鯁住世界的咽喉
你高聲誦讀可無人傾聽
人們躲在芬芳的衣裙裏
夢想成為蚯蚓
拱鬆堅硬的現實
而詩歌彷彿死神
在我們頭上高傲地盤旋
祂揀選了誰
誰就成了不幸者背井離鄉四處漂泊
直到死去的母親背著藍布包裹一路嚎啕趕來
故鄉的老屋從此無人居住
懸浮的蛛網上結滿了星光與蟲鳴

給詩歌一根煙

被碾死在牆上，然後分泌出彩色的液體？
高舉帝國的旗幟繞著客廳遊行？
陰影中張起羅網捕捉上帝？
怕永遠沉沒，夜以繼日在朽木上磨牙？
為向父母邀寵咿咿呀呀裝做不會說話？
停電的晚上，酒醉的盲人牽出瞎馬？
風馳電掣的列車沒有一名乘客？
滿嘴黃土目送嫦娥飛升？
殺死一個個詞，驚恐地看著它們復活？
所有的東西都長出眼睛和手？
給詩歌一根煙，
給它點上一根煙——

午睡

聽到人說
黃昏
滿腦子都是用舊了的光
一片片的，狼藉於地
隔著白日夢
早晨在對岸
有什麼和我息息相關的人
留在了河那邊
喝醉是對自殺的刻意模仿
我們闖入永不復歸的走廊
又夢一樣摸回自己的房間
那些鰥夫罪犯教徒
那些不吉利的鄰居
咳嗽歎氣自言自語
踱來踱去
宇宙中
老上帝偶爾發出聲響

漚

雲雨之事
比雷鋒更好
比《論語》更善良
一百個黃梅天
沉入溫暖的淤泥
把大半生密密地封起
如癡如狂
漚出
一聲死的霹靂
誰死了
幸福死了

不是詩

我在中國的最底層
在人最多的地方
喝最便宜的啤酒
詛咒塔尖上的人
和虛偽的光
我的情人是個醜姑娘
她只上過小學

我是個快四十歲的中國男人
背負所有免費的公廁
所有不衛生的熟食攤
所有痛苦的公共汽車
所有麻木的黑白電視
所有口蜜腹劍的主持人
十三億潮濕的軀體
就算我是最下面的一塊磚
即便如此
就算這樣

搬家

我們吃一條死蛇
它像煮得過爛的魚
一根椎骨盤在盤子裏
我們從蛇頭吃到蛇尾
再遇到蛇頭已面目全非
它僵硬地爬回物質深處

年，
又要翻身了
浮腫的臉再度朝向我們
我們忙著搬家
在物質的水面
時間顧盼游動
首尾相銜

我們以搬家的方式隨波起舞
我是向右向左開的門
我是陌生的床

陽臺鞋架爐灶馬桶空暖瓶
從一個管道的出口
舞到另一個出口

地底下
有一隻大眼睛炯炯的
死盯著
不論晝夜
它讓我們背脊發涼
但還不如冬天的風
能教身體拖拉機般顫抖

凍僵的蛇
被農民撿去
支柵欄
春天一到
蛇復甦爬走了
柵欄倒下

恐

有一列火車從我身體中穿過
那裏新挖掘了一條隧道

凌晨兩點，火車呼嘯著開入我的左脅
信號燈在我臟腑內忽明忽暗
等我驚恐地坐起身
只餘下空洞的回音

這隧道和我毫無關係
我成了通往某處的最佳路徑
有夜行者敲門
我身體就開門
有野貓懷孕
我就是充滿魚腥味的窩

我退居於身體中的一個房間

耳朵貼近門
聽走廊裏可怕的腳步聲

別總出門
討人嫌
阻礙交通，引起混亂
世界會惱怒地打起嗝兒

我躲在自己的蝸居裏仇恨
磨刀
搜集自行車鏈條做火藥槍
埋伏在門後
等一個善良的人路過

讀著名詩人的詩

我們讀著名詩人的詩
他是在對我們說嗎？
他是否提起過我們的名字
知道我們的家鄉？
或許只是偷聽隔壁鄰居的做愛
而已而已
那節奏的律動讓你亢奮
而你常年鰥居
或許不過是一隻老鼠
在咯吱咯吱地嗑東西

瘟疫

在衛生間
我們和死神不期而遇

閃電
像白熾燈
長久地懸在頭上

黑夜的傷口
滲出潮紅的曙色
是一個清潔工
聒噪著走上街
擦亮那些灰塵
它們曾經是某人

我們嬌嫩的、如泣如訴殘喘的肺
鎖進寫字樓辦公室的保險櫃
藏在凌亂的發票舊帳簿底下

可是
白求恩來了
戴著口罩手套
莊嚴地把它取走了

我們只好看著別人呼吸
睡進親人的肺中
夜夜無眠

厭世之夜

電風扇
它什麼也不像
它吱吱嘎嘎地轉
和我的心臟一起
盲目地勞作
有了席夢思

就註定要夜夜睡在這兒
這討厭的死氣沉沉軟綿綿的命運

這是一個厭世之夜
和公路上的重型卡車一起
咆哮著厭倦道路橋樑
樓房蹣跚
愁眉苦臉的運河
懷疑主義者的煙頭
在這沉悶的六月的北京

有風有茶水
有二鍋頭
我還是厭倦
這穿上衣服又脫光衣服的命運

但無處可去
無家可歸
無人可想
鬼魂們住在時間的夾縫中
它們不厭倦
它們高舉死亡的盾牌
它們曾經是什麼性別

秋天——白屋

瞿秋白
在秋天發動革命
他抑鬱消沉
一腳人間
一腳死界
自語著
要寫一本文學書

時間不等人
那些不可降解的聲音
硬硬的形成腫塊
讓性格孤僻的鰥夫們
在雨天
隱隱地疼痛

秋天——白屋
瞿秋白秘密地

潛回
在七十年之後的某個夜晚
就像他早年偷偷潛入上海
偉大的唯物主義者
以物質的形式永恆輪迴
幽怨的殺氣
揮動蒼白的手
斬落一片樹葉

他回來
宛如飛蛾
撲向歷史中這惟一的一星燈火
扛著雪亮的十字路口
郎當郎當
卸在我門前

犯罪嫌疑人

金剛怒目，瞪住現在
我們質問，為什麼

讓自己成為一條倒流的河
從碎玻璃般的腦細胞裏
尋找死者的頭髮
誰在我們的深處殺過人
強姦過幼女
把屍體偷偷消化掉
逃亡於幽暗的大腦溝迴

睡夢中一次次地被槍決
我們頭上長角身上長刺
出口傷人
和所有陰影手拉手
緩慢地舞蹈
和空暖瓶一起戀愛

那是多麼光滑易碎的深淵

我們
暮春的風馬牛
忘記廉恥
向著太陽亮出蹄子
踐踏道路和麥苗
但一開始
透過厚厚的羽絨服
我擁抱了一個女孩
曾經那樣顫慄著

而今
深綠色的啤酒
照亮熱帶雨林
我們正緩緩地腐爛
沉入重重疊疊的日月

蒙著煙灰的肺泡
堅硬麻木的肝臟
充滿豬頭肉的大腸
摟著整個舊石器時代入睡
整個的人間煙火
暗
物質
萬有引力
能量轉化及守恆定律
無限
永不復歸的時間
我們咀嚼能咬碎的一切
其餘的
再也沒有可能

孟冬

然而，了結了嗎
了結了嗎
馬鞍在身下賓士
鐐銬咆哮
自由撕心裂肺
撕裂澄澈的天空
怒髮上衝冠
我愛肺癌
燃燒整盒的煙
把灰燼賣給困惑的人
把酒賣給另一些人
被褥和床鋪
我要把你們帶到無何有之鄉
像焚燒死者的遺物一樣
焚燒你們
焚燒酒和愛情
縱然有大蛇纏身
我也只是一個凡人
只是一隻襪子

陷入泥淖中目送
鞋的遠去
而鳥群
那再度歸來的生命
告慰草木的榮枯
酒杯將第二次被激動地斟滿
彷彿辰光注滿夜空
不能了
即使咬碎鋼牙
也將無濟於事
這是無脊椎動物的土地
這是無翅之鳥的天空
這是你訣別的愛情
在二〇〇三年的孟冬
在未來的蛇牙
過去的蛇身的
齧咬纏繞中
現在

正日日夜夜地融化
融化
一眨眼
就小了
碎了
軟了
只能撐住一根腳趾
遺忘
也將被遺忘
還有一隻流浪的狗
下雪的夜晚
牠來
叫門
來吃一根香腸
牠愛生活
牠搖著尾巴
回到生活中

如果你突然瞎了該怎麼辦

我要去跳樓
我要立即向我的女友提出分手，並祝她幸福
我要去殺人，殺死我一生中最仇恨的人
我給父母打電話，告訴他們以後多保重
我要想辦法毀掉一個純潔無辜的姑娘
我立刻加入基督教

我必須立刻離開這個城市永遠不回來
我一直喝酒喝死拉倒
我要把所有的錢散給乞丐，然後自己去沿街乞討
我無所畏懼去吃泥土喝陰溝裏的水
我得去買個盲杖練習著上廁所
我吃飯睡覺一如既往地生活
我要托人到鄉下買個善良的媳婦
我天天睡覺夢著過去的日子
我白天微笑，夜晚咬牙切齒詛咒全世界
我弄一本《易經》學算命
我幻想能有一個心靈美的姑娘愛上我，感動得自己熱淚

盈眶

我像一隻食草動物，陰鬱多疑，不發出一點聲響
我下午抱著收音機在門口曬太陽
我學習張海迪整天聽《命運交響曲》做全人類的榜樣
我發呆，像一根陽光下的爛木頭，什麼也不想
我學會吹口琴去地鐵賣唱
我不要孩子也不結婚，一個人在黑暗中默默了此一生
我吃肉罵人單相思出賣朋友
我走遍八千里水路永遠在路上不斷離開
我去神農架的深處去梅里雪山
進入天坑，去藏北無人區，以凋零殘破的人生來一次輝煌的豪賭
我在一個陌生的城市凍餓死去安靜得沒有人哭泣

銀色女

銀色女
你說著金屬和香氣的往事
站在那兒
在黎明的入口
我可有欲望越過你

春天來了
我快有欲望了
你像灰燼或是某種結論
擋在我面前
那我就等著吧
候車室裏
重疊著千萬個屁股虛幻的輪廓
無聲無息
一片又一片
扁平的老人斑
落在疲倦人的身上

你
銀色女
為什麼不蹺起二郎腿
朝路人吹口哨
為什麼像個死者那樣嚴肅
我要是能縮小一百萬倍
我就能看見病毒
他們在角落裏披著黑大衣祈禱
向著它們的神
我就能看見時間
被凌遲
每一分秒都尖叫著
四散奔逃

銀色女

我愛疲倦
甚於愛生與死
老人星
他正在身後升起
他拉長著臉
對你我和這新的一天
不滿意
他脫下陰鬱鬆弛的皮手套
我緊張得要死
他要在晨光裏
洗他滿是骨頭的手

咳，瘋子

咳，瘋子
你指揮著交通
道路急得都快要坐起來了
有人躺在車輪下寫著自己的訃告

瘋子
你把一個姑娘推入我的懷裏
我說
他是瘋子
這可不能當真

瘋子
你給商品穿好衣服
給它們零花錢
人手一杯可口可樂
還有火車
在千里之外呼嘯

一個瘋子
開著它
不知將把誰拉走
把誰留下
還有路燈
在空無一人的街上
自戀而興奮地亮著

瘋子
你看你
左腳踩出一碗啤酒
右腳踩出一碗白酒
一腳深淵一腳高山
一腳高山一腳深淵
終於一腳踩出了地球

No Woman, No Cry

地上有狗叫
樹上有夜鳥
天上的
龐然大物
黑著臉
一言不發
睡覺
向左翻身
向右
雙手合十意守丹田
沒有女人
沒有哭泣

一寫詩歌
我就得像什麼？
我什麼也不想像
我什麼也不期望
賭著氣夢見非洲
黑草原上燃燒起靛青和硫磺
火車出軌狼煙遍地
兀鷲的羽毛紛飛
沒有女人
沒有哭泣

香港腳

像香港一樣徹夜難眠
像它那樣
充滿快感
我只能墮落到這一步
把一雙臭腳縮進被子
你將忘記詩和音樂
愛上我的房子
和我的烏鴉
恨得腳底板癢癢
必須迅速地走路
翻山越嶺
大聲爭論
倒頭就睡

剛說
唉，宇宙！

就綳不住相擁著笑出眼淚
一臉盆白亮亮的溫水
我們的香港腳
我們花天酒地的腳
我們夜夜笙歌的腳
摩挲摩挲
道路盤起
道路疊入衣櫃
黑白電視雪花飛舞
整個世界暖衣飽食
扭呀扭
扭呀扭

春天，草木灰

春天
草木灰
潮濕溫暖
蒙在後悔人的頭上

然而
就要涼下來了
那些早夭的昆蟲們的靈魂
在門底下哼唱：嗡嗡
嗡嗡

阿門
我們肯定
不
我們否定

唉
我們不知道

一隻烏鴉被拉入春天
牠梳理著陰穢的羽毛
牠要飛多遠
才能找到貧困的死者

在春天
有人悲傷
有人無錢掩埋他們的親人

藍刀

一二三——
上帝
你在數著我的頭髮
貓頭鷹
他數著我的眉毛
我親愛的
你數我新生的白髮

一根根
揪著心
撥開白癜風白內障
我們幽暗的小屋
閃爍著微笑
和灰塵

拉開抽屜又輕輕地關上
把枕頭擺放在床頭

一下一下緩慢地呼吸心跳
眨眼

愛上一個人
就意味著留下來
被一棵樹從身後抱住
任憑道路奔流人群離去

那繩子將我們圈起
漫不經心地捆綁勒緊
凸顯出天真的骨頭

切入世界
刀和傷口
一起大聲
喊對方的名字

寶貝

我們騎自行車遠行
越來越沉重
我摸著沾滿污泥的車袋
軟塌塌的
像我的生活
但只要再喝兩杯
自行車就他媽扔掉吧
道路依然會鮮亮如初

我想去看一個遠方的姑娘
我們只在電話裏傾訴
我想坐在她家門口的餐館裏
給她打電話
約她一起喝杯酒
她驚訝的眼睛像大海
大海
也無話可說

她被隔在碼頭和集裝箱之外
他是個生活一塌糊塗的老光棍

我說
寶貝
唉
寶貝
然後我按照列車時刻表
準時地離開

回到山上
幻想能愛你
生著悶氣
關門打狗
夜晚去墳地唱歌

但這不是虛構的詩
這是明天的行動
坐公共汽車
坐長途汽車住旅店打聽路人
像一把刀出鞘
嗖的一下
砍翻整個的現實生活

駱駝和酸辣粉

到處都有酸辣粉
在大排檔上
你的手機一直地唱
遠方有個單相思的孩子
焦急地守著公共電話

而我們吃酸辣粉
談著男女之情
抽出一根駱駝煙
想著彼此的宿命
將有一場演出
在片刻之後
將有一次酩酊大醉
還有一場不歡而散

心中寂寞
互相怨恨又疼痛
像拔掉了一顆牙

說話
或是沉默
都帶著血腥
想不起某人的姓名了
那種向後掏的滋味
讓人徹夜難眠

也將想不起你的名字
只留下一個缺口
裸露的神經
吹著風
疼痛會變舊
長出老繭
蓋上土
無情無義

醉倒在大排檔上
也不浪漫也不必然
像喝完一碗啤酒要付錢一樣的正常
像人終歸要死一樣的不可思議

詩人雞犬

哐啷一聲
放下麥克風
抒情完畢
詩人回家了
回到無何有之中
繼續做書頁上的孤魂野鬼
他實際上乘坐著300路公共汽車
他的姑娘打著哈欠
嫁雞隨雞嫁狗隨狗

他的房東稱他為小李子
他的鄰居叫他
李眼鏡
而曾經有人叫他詩人
並且歸納為口語派
或是下半身
他的院外有個公共廁所

蹲位之間沒有隔牆
一個挨一個雄壯的下半身高傲地撅著

還有擁擠的小市場
那賣豬頭肉的熟食攤
垃圾箱上老鼠遊行
蒼蠅開會
在這裏
他偷偷盼望能做一個
知識份子
哪怕是小資

他扛著民間的大旗
辦民刊
說口語
罵人
浸泡在人民戰爭的海洋中
他可真冤
冤的是姑娘一下臺就忘了他是個詩人
他揮舞雙手

憤世嫉俗
小聲喊：
救命

等待終有一日修成正果
被光榮地招安
告別人民
和雞犬一起升天
白雲飄飄
俯瞰人間
卻話巴山夜雨時
左手一面民間大旗
右手一面口語大旗
呼啦啦
摶扶搖羊角而上
人民
願你們萬歲！
貧困
朝不保夕
願你們萬萬歲！

沒有

一個安靜得像沒有一樣的姑娘
坐在我的屋子裏
她呼吸如夜晚的草木
她一生只說一句話：
我們結婚

她不買衣裳
不看新聞聯播
像沒有一樣的純粹
她而且
沒有一個怨毒的母親
不會因愛我而遭到詛咒

夜裏
她像沒有一樣靜靜地躺在我旁邊
她擁抱我
彷彿悲傷的人

觸摸往事
她像沒有一樣的給我唱歌
全人類都不說話也無法聽到
她像沒有一樣無聲地啜泣
彷彿用鑷子一根根拔我的汗毛

但有那麼一天
她像沒有一樣的死了
我覺得自己
像沒有一樣的絕望多餘頹喪虛無
失去了高度和長度
周圍
密密麻麻的數位大聲數數
剩下我一個
0
比沒有還少

詩人何為

下雨了
打雷了
今晚不能去喝啤酒了
坐在房間裏喝白酒
沒有菜
燒心
可總比空虛強
今天輕如鴻毛
落進雨地
自己踩一腳
別人踩幾腳
大喊一聲
嚇自己一跳
像螞蟻打噴嚏

詩人何為
只能給所愛的人
寫一首詩
不許動手動腳

只許寫信

然而我是個詩人嗎
我為什麼不是個又會寫詩又能吃草的畜生
把浮名換了甩尾巴和吼叫
我也沒有浮名
目光猶疑尾骨縮進褲子裏
我等著雨停
去喝啤酒
期待有奇蹟微笑著拍我的肩膀
總得發生點事情吧
波斯王的宴席上
擺放一個骷髏
警戒人生無常

詩人何為
他坐在路邊小聲自語
這世界不好
不幸福

無頭路

最終是一所房子
那是絕路
當然
還可以跨上床
繞過檯燈的光暈
緊貼著黑暗
躡足而行
但你不能唱歌
不能亮出自己的前程
像俠客恩怨分明袒開胸
軟弱成疲沓的鞋子

偶然地朝向東
或者
朝向東南
是多愁善感的蟲螟
露出善良
露出萬箭攢射的靶心
你的犧牲

只是困倦
而道路
如強弩繃緊在光中
痙攣著掙脫向前
鬚髮忿張
拖拽血肉
穿破你女神的紗衣
終究無力濺血
也總比瞌睡好

我們絕望的時候
嚎啕著奔向西北
攀登高原
高舉痛苦和無辜
天藍得要殺人
他令我們羞於說出
最終還是道路
那般尖銳
筆直向前
直刺心頭

睜著眼睛睡覺的人

睜著眼睛睡覺的人
他看見黑漸漸淺淡成灰
一箱蜜蜂靜止不動
山
堅持不住換了個姿勢
水分子越獄
逃入太空
遠行的人踏月歸家
那些命定的事
如母親做的早點
悄悄地擺上桌

儲安平①

觀察
光明
站進黑暗
被揪著頭髮
狂奔千里
一個令全中國羞愧的人
把紙條塞入城門
滿江湖的水酒
頹唐了燈火和階梯
一杯水酒
照見黃泉路上的第一塊石頭
照見
一九五七哀鴻遍野
瘦骨嶙峋的大象
遊入叢林
不知死向何處

---

① 儲安平（一九〇九年至一九六六？）， 中國學者、知識分子。民國時期著名評論家，《觀察》社長和主編。中華人民共和國成立後，曾出任新華書店經理、光明日報社總編、九三學社宣傳部副部長等職。一九五七年因在《光明日報》發表〈向毛主席、周總理提些意見〉（著名的「黨天下」發言），招致當局不滿，反右運動中被作為典型打倒，文革中遭受殘酷迫害，生死不明。一九七八年後，五十萬右派做了改正，但儲安平仍是不予改正的中央級「五大右派」之一。

感動康德

昨晚
我夢見了康德
快感動
哭泣
或者啜泣
快回家寫日記

我一感
你就動
我感兩感你動兩動
可現在
我老了

老駱駝老腿了
每天
只能趕著自己
馱回當天的水和口糧
從今以後
親愛的
你想別的辦法流淚吧！
比方說
公共汽車上丟了一百元錢
或者
蠟油燙傷了手

丟東西

丟了一樣東西
身體就多了一個洞
冬天新鮮的空氣和著月光
透進來
再丟一樣東西
小洞變成了大洞
有陌生的鳥在裏面做窩

我要喝涼水
我要喝涼水
一個孩子在深夜的長途車上哭叫
他想喝涼水
他吵得整個山東都睡不著
而我在旅途中平凡地
丟了一些東西
幾件舊衣服
一條毛巾

一只水杯
一張唱片

它們永遠不能跟我回北京
它們正在某個異鄉人手中
被把玩審視
或是
冬雨過後狼藉的路邊
頹喪地躺在垃圾箱旁
它們成了卑微的物
沒有目光和歎息

不能指望
在某夜
會突然歸來
敲我香山的門

披著一身的雨水
爬上衣架
掛在床頭
鑽進抽屜
走向建國門
最後一次
想南方
想丟在南方的東西
然後
一頭紮進人海——
北京
像個紙燈籠
懸在頭上
越來越明亮
越來越疲倦

像糖果一樣美好的現實

像糖果一樣美好的現實
命令我咬破
那顆葡萄

一切已經過去
我第二次說
像糖果一樣美好的現實
一切的影子飄過來
覆蓋了我
夜晚也覆蓋起勞動者
昏睡中

我的火車一列列地開過
我要表達這種情緒
還是
像糖果一樣美好的現實
可我的舌頭荒涼
冬天降臨曠野
我只好留在家裏
默默地想這句話：
像糖果一樣美好的現實

中國食物鏈

一香港佬
在深圳包了個年輕女人
女人抽空愛上了一個來自山東打工的小伙子
小伙子把得來的港幣寄給留在家鄉的姑娘
姑娘把一部分錢分給整天喝酒的弟弟
弟弟在盤子裏夾起一塊排骨
丟給跟他相依為命的短腿狗
狗叼著骨頭捨不得吃
把它埋在樹下
一隻螞蟻爬上骨頭
發愁
盤算著
要叫多少螞蟻來
才能把這塊大骨頭搬走

拉薩畫廊

她把我拉進畫室
她說
她的丈夫一個月前剛剛去世
她哭著
講他們一起去尼泊爾寫生
她的丈夫是個四川的畫家

比她大二十一歲
外面是拉薩明亮的陽光
這時死亡
變成一個安靜的淑女
翻著書
坐在我們中間

牆上掛著我永遠看不見的油畫
我坐在那兒
默默地喝了兩杯茶
隨時準備站起來告辭
面對不幸

我感到羞愧
從此
她將一個人看店子
她叫劉草
我送她一本我的詩集
我想勸她出門旅行
但我沒有說出口
八角街上
川流不息
有世界各地的遊客
我第二次離開拉薩
把我中年人幽暗的時間
偷偷地放在路旁
劉草繼續坐在她拉薩的畫廊裏
開門關門
每天早晨
拂去畫上的灰塵
她將會喜歡上某種食物

或者
去看畫展
長久地心不在焉
她還說過
她的丈夫哪怕是個瞎子
就算不會畫畫

只要活著
該多好
我聽了
心裏有些小小的刺痛
我覺得這個比喻不好
像那扇大玻璃窗
透明
冰涼
在我身後
隔開世界

這是第一天

第三天
有疼痛在夜晚給你寫信
密密麻麻的螢火蟲
寫滿整個黑暗
給你講一所新醫院
空氣新鮮
陷在冬日的麥地裏

薄薄的手術刀
像枕邊的殘月
切開你
取出你身體裏的另一所醫院
包括所有的死人和悲傷的活人

只有一名護士無法取出
她坐在值班室裏沉思默想
偶爾挪動椅子

調暗檯燈
她神情專注
在給遠方的人寫信

這時你的身體裏已空無一物
但誰也不敢驚動她

那你也只好給別人寫信
說你在吃一種紅色的藥丸
每天早上做深呼吸
喝一杯淡鹽水正準備戒酒戒煙

還有什麼
沒有什麼了
那你就繼續等著

一根白頭髮
悄悄地爬下額頭
它厭倦了你這個不愛行動的人
爬到地上
變成一星磷火
一跳一跳地走了

樹

樹的身體裏生滿了蟲子
蟲子的牙和眼睛層層疊疊
好像山下北京城的燈火
樹很難受
他多節的手臂
高舉一隻鳥
樹癢癢的無風自動
他咬緊泥土
慢慢地向左
向右
如果把他砍倒
做成一把吉他
琴聲一定很揪心
琴會牽引它的主人跋山涉水
無休止地奔走
上輩子密密麻麻的蟲子
陰沉地
從身後一路趕上來

民謠是什麼

民謠是你騎自行車遠行
後面帶著女友
路旁有大片的麥田
半路上，你的女友要「唱歌」，她躲進麥地噓噓地方便
你靠在單車上點了一支煙
她出來了，被蚊子咬了七八個包，你把風油精塗在她手上
晚上，你們在一家鄉村客棧過夜
就著一台黑白電視
你們想做，但沒有安全套
一直到天亮
你們又想做又恐懼懷孕
早上，你的女友啐了一口黑白電視
然後，繼續上路

民謠是你騎著自行車給人送信
一家挨一家
你把單車支在電線杆旁敲門
按門鈴大喊大叫
有一些信你真想拆開看看

那些散發著淡淡體香的
精巧的信封，裏面的信紙疊成一朵花
或者是隻燕子
啥時候決心不幹這行了，就拆它幾封
但怕的是那時候你已經老了

民謠是你騎自行車尋找你的兒子
他被人販子拐走了
你辭了工作，身上帶著所有的銀行卡
一個城市一個城市地找呀找
見了牆就貼尋人啟事
吃飯的時候問飯店老闆，睡覺的時候
問旅店服務生
你對兒童小孩幼兒牧童放牛娃童工等詞格外敏感
彷彿每個詞後面都隱藏著通往你兒子的道路
等你走到了陸地的盡頭
前面是大海
你在海邊的小鎮上，貼了最後一張尋人啟事
就坐在路旁喝啤酒
一瓶一瓶又一瓶
空啤酒瓶跟你走過的城市一樣的多
最後喝得大海都立起來了
這時有個小姐走過來
她問：

先生需要嗎?
你說：多少錢?
她說：
屋裏哇啦
好

這一夜
你又成了一個男人
像你未婚的少年時代
忘了尋找
期盼
未來
忘了自己一本正經
當過父親

民謠是你騎自行車，不知道要去哪裏
不知道這自行車是誰的
不知道
自己多大了
女朋友是誰
還有沒有親人在人世上
春花秋月啥個時候完
到底愛小紅還是小蘭
騎著騎著

你睡著了
連同自行車摔在路邊
這時
一個趕路的賊經過
他掏了你的錢包手機糧票鑰匙身份證
朝著你的屁股踢了一腳
罵一聲
這個傻B　然後
騎上你的自行車走了

民謠是你騎自行車，在夢裏
你老百姓今兒真高興，蹬呀蹬
左手扶著車把，右手拄了一根盲杖
實際上，你根本沒看過自行車，你走路還得人領著呢
你也沒坐過飛機
在夢裏，飛機上有個售票員
在座位間走來走去，她讓大家買票
你也沒親近過女人
在夢裏，她是早上剛出鍋的煮雞蛋
你吹著氣，小心地一片一片剝開
先是指甲蓋大的熾熱軟潤
然後逐漸擴大
越來越燙手
越來越不敢剝

世界的氣息

1

死，
一隻儲藏室角落裏的舊手套，它散發著曾經屬於人的味道，就像狗進入了狼群，重新回家，
身上生出了癩
長出了荒野……

死，
姨父抽屜裏的撲克牌，有大王和小王，但缺了黑桃K，方塊Q。
還缺了啥，你不知道。你敢玩嗎？
大王又沒了，黑桃K又跑出來了。一張張牌，好像腐敗的落葉。在秋天的深處，群體性地向你微笑。

死亡不是社區外臭氣薰天的垃圾站，那樣大家就可以上街散步抵制，
死亡屬於個人的，就是你身體的氣味，聚而成形來找你了。
達摩為什麼要面對牆壁，牆壁也許就是虛擬的死亡，它阻斷了時間的奔流，

過去的日子都叫囂著聚集到此處：怎麼不走了？
就是不走了，
列車員沒有解釋。
時間沉澱成湖水，
人生如此靜謐。
死，
在漢語中是第三聲，
一個銳角，
向著斜下方無限地伸延，
一個吸納百川的海眼，
所有的詞語都旋轉在它周圍，
彼此推搡著沉下去。
我表哥得肝癌去世了，
彌留間，
他說，那麼多的人前擁後擠地，
問我死不死？
我說：
死，死。
他的姊姊坐在床邊，
安慰他：咱不死，姊拿大棒子打他們。

2

性，

在漢語中是第四聲，
向著遠方張開手臂。
性裏面有水井的氣息，
草木氤氳，
雪花膏的香氣，
是八十年代女生的香氣，
白亮亮的，
有稜有角，彷彿公告一般
大義凜然。
小時候，大孩子問我，
你知道那個女孩為啥那麼香，
她來事了，
味道不好聞，
要抹雪花膏來掩蓋一下。
說的彷彿嘴裏嚼著蜜糖。
女人來例假的時候，脂粉氣就猝然破碎
它還原成了森林
新鮮的土地
天地的根鬚。
曾經一個姑娘，愛看男人們為她決鬥，
她喜歡在愛情中聞到血腥氣。
我整日幻想著她還為分手的男友來找我，
我褲兜揣一把菜刀，
出出進進，

可有一天菜刀把自己的手割了個大口子，
房東大姊為我包紮，房東女兒在旁竊笑
我聞到了自己血的味道
就像螞蟥遇到了鹽
愛情瞬間萎縮乾癟了
要在十月的杭州戀愛，在一場夜雨後的楊公堤，
後半輩子都會充滿桂花的香氣
詩經最終長成了一株香樟樹
杜甫是那種沉積的落葉
歐陽修是秋天的苦香
他說：童子莫對，垂頭而睡。但聞四壁蟲聲唧唧，如助
　予之歎息。

為什麼我唱：一個叫木頭，一個叫馬尾，
而不是一個叫馬頭，一個叫馬尾？
木頭裏有人的嚮往和悔意。
張棗詩云：
望著窗外，只要想起一生中後悔的事
梅花便落滿了南山

雨，本身沒有味道，
雨點噗噗擊打乾燥的塵土
說起她家鄉的土話。

宿醉於蘭州，
早上聞到街邊牛肉拉麵的香味，
酒就醒了，
念及西北如此遼闊，讓人頓覺熱情蕭索。

海的腥氣來自海溝深處的大魚，
牠緩慢地迴身心情陰鬱，
不知何時錯過了進化的機會，
沒能爬上陸地變成人。

當年蕭家河的廁所
臭得睜不開眼，
一個響屁
就可以把空氣點爆
河南杞人憂天的那個縣城公路上，
擁擠著逃離家園的人們，
鄉村不再芬芳，
隱士們被薰得從山裏紛紛搬入北京。

一頭大動物
在我們身邊咻咻地嗅著
牠會咬我們一口，也可能不咬，
這時候屬於牠和我們的命運背著手溜達過來了
誰知道會發生什麼？
我們只能躺著不動，等著。

周雲蓬

盲人影院

自選隨筆

目錄

北大
——獻給海子

你死去已經十年了，你寫詩的年代我還在讀唐詩。我們相距十光年，一九九九年我才開始真正關注你，並且認真地讀你的長詩與短詩。三月二十六日，我去你的母校參加你的紀念詩會，會場門口戒備森嚴，比進核武器基地還難。起初我沒有入場券，被轟了出來。後來，我要了一張入場券，可門衛又要我出示身份證、工作證，還追問我票是從哪兒弄來的。我憤怒以至悲哀，悲哀的是你竟成了一處新開發的旅遊景觀，門票昂貴的旅遊景觀，貴得恐怕連你自己都買不起。好在你的詩印成了書，可以自由地流傳。

二十七日凌晨我寫下了這些文字，作為獻給你的生日禮物，同時獻給你的母親——

我背著吉他進北大，門衛說：人可以進去
琴必須留下
我留著長髮進北大

門衛說
人可以進去
頭髮必須留下
我點燃名字進北大
門衛說
人可以進去
證件必須留下
我拿出身份證。
門衛說：還有。我拿出工作證。
門衛說：還有。我拿出團員證。
門衛說：還有。我拿出戶口本。
門衛說：還有。我拿出購糧證。
門衛說：還有。我拿出死亡證……
於是，我背著自己的屍體走進了北大。

趟過了泥濘的胃液，摸索著黏滑的胃壁，我尋找那粒晶瑩的珍珠米，它應未被消化，它是詩人的遺

孀，我將帶它重返又苦又香的秋天。這時我看見未名湖水——一面濺滿雪花膏的淺淺的鏡子，養育了太多太多色彩豔麗的塑膠魚和故作兇惡的橡膠螃蟹；一把把優雅的花傘，向著垂天的雨雲，羞澀地盛開。我看見那草地，那些草原上被掠來的綠色的孩子，悠悠地唱著思鄉的輓歌。沾著唾沫的瓜子皮載不動許多的文化，載不動許多的廢話，沉入土地；一方方花紋精巧的印章，蠻橫地蓋上：北大。我看見衰老的蔡元培，囚禁在墓穴中，年輕時染上的哮喘病至今未癒，他午夜的咳嗽聲雷一樣轟擊著墓門。我看見海子一次次被謀殺——

在盛大的紀念詩會上，
在雞鳴般準確無誤的掌聲中，
在混血兒不中不洋的口音中，
在風度翩翩的詩人所用的男士化妝品中，
在女孩子竊竊私語的疑問中：海子到底因為什麼死的？
你們到底因為什麼死？你們到底因為什麼不死？我到底為什麼活著？
最後我看見自己是一首瞎眼的無詞歌。踉蹌著被趕下琴弦。

於蕭家河，一九九九年三月二十七日

北大江湖身不由己

紀念海子的會場外排滿了人，有票的沒票的都進不去了，這次我能進去。我是被邀請的演出嘉賓。十年前，我也在外面排著隊，把門的學生說啥也不讓我進，我出示了門票，可人家說，發給誰都記得呢，沒我這號人……當時那個憤怒，旁邊就有著名的詩人，帶了一大群人，旁若無人地進去，那時，我感覺到了等級社會，詩歌也難以倖免。

回去還寫了一篇聲討北大的文章，印在我們寒酸的民刊上。十年一覺揚州夢，學生彷彿還是那個學生，拿著喇叭喊：排隊，不然誰也別想進。

進了會場，被告知座位已經滿了，那外面的排隊也沒用了。紀念開始，會場安靜得純潔得彷彿處女，我在後臺，聽他們說，外面鬧起來了，要衝進會場，然後就是叫保安。我坐在那裏想，混了十年，就是從被拒之門外，到坐進了後臺，是不是有點老臉發燒。要不我出去，跟孩子們說，咱們不稀罕，走，一起去草坪，我給你們唱〈九月〉去。

如果我事先喝下半瓶二鍋頭，也許會這樣做，但清醒的時候，我沒這個衝動。

沉且這樣有點太煽情了。會場那個文明，有序，秩序井然，掌聲溫文爾雅。外面是沒有名氣的普通

的學生，詩歌愛好者，生著青春的氣，憤懣地罵著詩歌的娘。

這時候，詩歌顯得太細皮嫩肉了，太嬌貴了。

我想，應該換一個大點的場地，願意進來的都能進來，這是個技術問題。其實，紀念海子在哪裏都一樣，偏要來北大或者去安徽，或山海關嗎？和我當年一樣，進不去不是為自己沒辦法紀念海子而生氣，而是因為感到了屈辱，不公平。

後來，聽說組織者在外邊組織了一個露天會場，這比我們當年還是要進步了一些。

北大唱完，趕去「江湖」酒吧，也是關於海子的演出。到了「江湖」門外，那真是個新舊社會兩重天。院子裏全是人，人山人海，外面還站了一些人，酒吧嘛，人越多越好，只要員警不來，上房也沒人管。

當晚，我特喜歡吳吞的表演，他搖著鈴鐺，打著鼓，念了一首關於發射塔的詩，像個巫師，最後一句好像是，我們就是愛自由自在。有點孩子氣，有點認真。

我現場編了一個配樂嘟嘟囔囔，大意是：我們要對活人更有熱情。那時，我已經三杯伏特加下肚，暈得身不由己，最後一句，我記得說的是，火車司機，當你遇到詩人臥軌，請溫柔地煞閘、脫軌。

再後來，就是半夢半醒了。

別埋怨我，海子也是愛喝酒的，不是傳說他曾去酒館朗誦詩歌，想換酒喝嗎？詩歌的精神可能沒繼承下來，可是，唱歌換酒，或者浪詩換酒的精神，被我們發揚光大了。

於石佛營，二〇〇九年三月二十七日

差一小時到明天

十一點了。我得去上廁所。長期以來養成的習慣，每夜十一點去一趟廁所，然後回來睡覺。我拿起盲杖，走出院門，小巷裏寒氣森森，向左一百多米到路口，向右走幾步，那是全北京最簡陋的公廁。

我剛蹲下一會兒，又來了一個人，他彷彿怕驚動了廁所中的黑暗，在門前遲疑了片刻，然後哧的劃燃火柴，黑暗被扯動了一下，我聽見初戀時代的薇薇貓一樣「喵喵」地說著含混曖昧的誓言，然後用牠藍瑩瑩的爪子抓著我，一道暗紅色的血印，在十七歲的某個夜晚一閃一閃的，像遙遠的燈塔。廁所中算我並排蹲著三個人，都埋頭幹著自己的事情，由於離得很近，彼此的衣服窸窸窣窣摩擦著，巴不得快點結束。

走出公廁，我用盲杖撥著路旁的蒿草，拐過街角。燈塔在天邊一閃一閃的，我想起十年前在圓明園的一次迷路。本來要走下一個緩坡，然後向右，就是我當時住的院子，可那次卻怎麼也找不到那個緩坡了，大半夜的，又無人可問。後來我的盲杖敲到了一隻大鐵桶，鐵桶沒於荒草中，發出悶啞低沉的聲音。我不認識這陌生的桶，於是知道自己走錯路了，只好掉頭向回走。我沿著凹凸不平的土路，左拐右

拐轉過一個石堆……「咚」的一聲，我又撞到了那個大桶，它低沉的聲音我辨認得出。後來怎麼樣，有些忘了。

這時狗叫了，在十年這端的小巷裏。我現在住的院子裏養了一條狗，每每它的叫聲能讓我準確地找到家。

十一點了我要去上廁所。這是長期養成的習慣。

公廁裏空蕩蕩的沒人。沒有了衣服窸窸窣窣的摩擦聲覺得很自在。小時候總是姊姊帶我去廁所，每次剛蹲下，姊姊就會在外面叫：「完了嗎？」我說：「沒完。」過幾分鐘，姊姊又叫：「完了嗎？」我說：「沒完！」心裏特內疚慚愧，彷彿自己是個賊。那時想，什麼時候自己想去廁所就去廁所，而且一個人去，想什麼時候完就可以什麼時候完，該多好！如今也算美夢成真了。方圓幾百米沒有醒著的生命，只有我蹲在這簡陋的現實裏，還有那遙遠的燈塔，彼此默默地對視，會心地苦笑著。

我用盲杖撥著路邊的蒿草拐過街角。我想著十年前的那次迷路，自己是怎麼找回去的。依稀地記得遇到一對騎車的男女，但我沒有開口向他們問路——我不知道我那房子的門牌號。總不能問：「請打聽一下——我住在哪兒？」半夜三更的，人家會以為我是個搞哲學的幽靈。

十年這端的小巷裏，狗還在叫。

後來我第三次撞到了那只大桶，還是悶啞低沉的聲音。恐懼襲上心頭，這坐在荒草中的大桶彷彿有

魔力似的，一次次把我拉回到它的身邊。

十年這端的小巷裏，狗停住了叫。我得站著等一下，估計院子就在附近，可我拿不準是哪個門。

我怎麼回去的？記憶在大桶邊消失了，好像深夜收音機裏聽到了某個遙遠的電臺，說著古怪的語言，喃喃地時隱時現，終於消失在沙沙的電波聲中。

狗還沒叫，我得等下去，在黑暗和寂靜中。這時天空緩緩地壓下來，房屋和樹木佝僂起身子，被壓向了地面。萬物怕冷似地縮成了一團，癱軟下來。一隻小蟲停止鳴叫，銜住塵土中的一顆星。

十一點了，我在公廁裏。天很冷，角落裏幾雙乾巴巴的手在焦躁地搓著。昨夜那隻狗叫了嗎？好像沒有，可我現在蹲在這兒，說明我昨夜還是回去了。這就夠了。拐過街角，狗叫得格外的響。這真就夠了嗎？燈塔在遠方閃爍，它責備我是個忘恩負義的人。把手插進溫暖的衣袋，加快腳步。實際上大桶低沉悶啞的聲音一直在歲月的另一端迴盪，彷彿遙遠海上的呼號，或是某種命運的輪迴。

而昨天夜裏狗最終也沒叫，我仍佇立在黑暗裏等著，將年復一年地等下去。這兩位可憐的朋友，我想幫助他們，可今夜，狗叫得格外的響，我不能裝糊塗，找不到家。已經沒有機會迷路了，況且天這麼冷，況且我都快三十了。和一萬個夜晚一樣，今夜我上完廁所，回去睡……

於蕭家河，一九九九年二月

夜行者說

中國現在有八百萬盲人，每年還將有一定比例的人毫無準備地進入到這個行列中來。這個比例彷彿一片必然性的烏雲籠罩在人群上面。我屬於這八百萬分之一純屬偶然，這正如你的健康一樣，是偶然事件。

我高中以前就讀於瀋陽盲校，常有一些殘疾人作為身殘志堅的模範被拉著到處作報告。大多數人是自學了幾門外語之類，其模式大略是說自己經受了多少磨難，但最終戰勝困難，取得成績云云，彷彿在說殘疾是一種專屬的獎賞。我對此並不以為然。殘疾確是人生之缺憾，這是即使有了拿破崙的成就也無法彌補的。況且那些被感動得涕淚交流的觀眾們，誰不在暗自竊喜著自己的健康與幸福呢？以創傷為勳章是對自己曾經受過的一切苦難的褻瀆。

常有人問我，「你看不見是否非常痛苦？」我說，「還可以。」他們於是稱讚我的堅強。我亦不知應喜還是應悲。痛苦是本原性的問題，它從本質上講是一個偶然事件的附屬物。身體上的某一缺憾是生

活的一個背景，亦是痛苦的背景。我在高中時代愛上的薇薇，她是由於高度近視從別校轉來的。我們在學校附近的公園裏約會，被門房老大爺盯了梢。學校於是找到了我們，差點給我們處分。這時我感到看不見確實麻煩。我這個在老師心中的好學生從此名聲掃地，但美好的初戀卻是無法被抹去的。我情願像一團泥那樣癱軟在自己的幸福中，也不願成為廣場上站得筆直的塑像。

不過，作為一個群體，我們是舉步維艱的，需要健康人的幫助。這種幫助並非放高利貸者的幫助；幫助的目的也並非為了使他們成為感動眾生的楷模。他們應當有選擇生活方式的權利（包括高尚的和不高尚的）。

我上大學時曾去四平盲校實習。那是一個全國聞名的模範特教學校，我們在那裏住了十天，置身於其中，感覺與外界的宣傳大相逕庭。那兒的孩子們大多來自吉林農村，家境貧寒。食堂的伙食極差，學生們多數精神抑鬱。我們結識了一個十一二歲的小姑娘，她是先天性失明。據說她歌唱得非常好。大家圍坐一處，想聽她唱歌，一個高年級的女生陪著她。那女生說：「童童，給我們唱首歌吧。」大家很安靜。她說：「一，二，三，唱！」孩子沉默著，如此多次，她的歌聲才突然響了起來。她唱的是「白崖崖的黃沙崗，挺起棵鑽天楊」。經她的口唱出，這首歌經加工後的浮華、庸俗之氣沉澱淨盡，只剩下那種來自民間的愁苦和蒼涼。令我們感動的不僅僅是這首歌，更在於這樣小、這樣封閉的一顆心靈對憂傷的理解，它事實上承載著何等重量的負擔。聽她姥姥說，她在家裏就很孤僻，不愛與人說話，只是偶爾聽聽收音機，因此除了那首歌外，她幾乎沒有跟我們中間的誰說過一句話。

這是七年前的事了，不知這小姑娘如今境遇如何。我將為她祈福。

前面說過，我上了大學。那是在長春大學特教學院，專業是中文。不得隨心所欲地閱讀是失明帶給我的最大的不便。那時我想出了一個好辦法：教人彈吉他，以此換取學生為我閱讀一小時書籍。當時我收了二十多個學生，每天至少能讀兩個小時以上的書。

其實，不能更廣泛深入地閱讀是影響盲人生活品質的一個重要因素。這是很無奈的事。然而我後來見過的一些不乏個性和天分的年輕健康的藝術追求者，卻總是以為讀書會對靈性有妨礙。其實對我們這個本已缺乏精神追求的浮躁的年代，宣傳讀書無用恰似對一個食不果腹的人大談食肉有害健康。不讀書是一種自絕於人類以往的精神財富的行為，以惰性為個性。你要做反叛者嗎？請先做創造者。正如尼采在《三種變形》中所強調的，只有獅子的精神還不夠，還要加上嬰兒的——創造的精神。

大學畢業後我來到北京，住在圓明園，成為當時盤踞於此卻即將沒落的藝術村的一員。當時日子過得很自在，大家一見面不問：「你吃了嗎？」而代之以：「你搞什麼的？」或云搞搖滾的，或云搞抽象的，或云搞行為的，甚或搞對象的。當時我在北大小南門對面的圖書城賣唱，經常有一些學生上午就等在那裏，幫我插好音箱，弄好話筒，一直陪我到晚上。有一次一天賺了一百多塊錢，滿滿一書包毛票，蔚為壯觀。夜晚不慎將一盆水倒在書包上，於是我整夜不睡，將一張張濕淋淋的錢鋪在床上，等它們晾乾。這「晾錢」的一幕也算是我生活中的奇景。

一九九六年，我去了青島，之後乘船去了上海、南京、杭州；後來又去了泰安，在這個空氣好得發

甜的小城裏住了半年多。一九九七年是屬於南方的，這一路有長沙、株洲、岳陽、奉節、白帝城、宜昌等等。一九九八年，我終於來到了夢寐以求的昆明。後因盤纏用光，經貴陽、湘西、邵陽，困在永州，在柳宗元被流放之地遊覽了一番已難追舊跡的瀟湘水雲，只是感慨於滿街充斥的各類繁亂的廣告。

長年的漂蕩令火車成為我夢中常有的意象。有時是買票，或走過車廂連接處尋找座位；有時在一個冷清的小站下車，坐在剛被雨淋過的長椅上，等著下一班火車的到來。

齊克果把人生分為三種境界，即：倫理的、審美的和信仰的。我但願能置身於審美的光明中。我是一個殘損的零件，在社會精密的大流水線中派不上什麼用場，那就做一個玩具，有朝一日交到一個窮孩子手中。這正如莊子所喜的：無用者大用。

只有將其視作審美對象，人生才不是虛無的。無論何種生活境遇，我所求惟美，足以振奮麻木的心靈。

我在天津讀書的時候，有個同學名叫岳紅。她是自幼失明，從未看見過什麼。有一次，她向我索要照片，如是屢屢，我卻總無照片給她。她後來給我拿出厚厚的相冊，告訴我她最愛收集她所喜歡的朋友的照片。請別對此驚訝，伽利略發明了天文望遠鏡，自己卻雙目失明了，這鏡對他有何用呢？我深愛這些期望不可能者——生活無目的者。

我還沒能寫出一首好歌或好詩，就已經三十了。虛度的感覺像青苔一樣佈滿牆壁。我寫過一首叫〈夜部落〉的稍長一點的詩，還有幾首歌曲。我的寫作偏於概念化。於我而言不達到一定的速度，是無

法克服重力的，飛翔僅當那時才成為可能。我的愛尚且不夠，因此病苦還不夠深邃。大悲憫方是通往藝術絕頂的惟一道路。

我喜歡爵士樂，在不諧和與不穩定的音階上踉蹌舞蹈，彷彿沿著無限不循環小數跑向終極。我的音符是酒吧、大街、簡陋的民房、火車站、故鄉、杜思妥耶夫斯基、齊克果、布羅茨基、卡夫卡，我在它們上面舞蹈、踉蹌。直到在冬天北京燈光迷茫的地鐵站遭遇我最愛的姑娘——所有不穩定和焦灼都化為愉悅。

此刻我坐在桌前，等她回來。高唱一小節「哆」為我和你——我的讀者，共同解決，同時也結束這些文字。我也將為你祈福。

於樹村，二〇〇〇年

《低岸》獻詞

我殺死我主人的九十九匹馬，
留下最後一匹給我心愛的女人！

我們生來叛逆，但也準備著隨時去讚美。我們無名無姓，分佈於廣大的黑暗中。我們是真正的暗物質，沒有光和射線，只有引力，我們將其灌注於詩句，引導你偏離坦途。

我們生活在地下，以泥土為導體，互相呼喊。我們的詩就是呼喊，欲火焚身，充滿矛盾和悖論。我們用時間和酒夯實每行詩句，有些你甚至可以放心用來蓋房子。但我們不是職業詩人，只偶爾是詩人，偶爾寫出好詩時，我們才認為自己是個詩人。

其餘的日子，我們是歌手、流浪漢、異鄉人、失業者、辦公室裏的困獸、空床難獨守的老光棍，我們隨時可以嘲諷，也不恥於莊嚴思考。

我們不是古墓中精美的瓷器，羞澀地等待別人去發掘。我們將恬不知恥地

生長

發芽

抽穗

拔節

從黃土中伸出馬鈴薯般囚禁的手，倒立著，以手為足，踩著天空奔跑……

二〇〇二年

懷念小索

星期一下午，《新京報》的一位記者給我打來電話，猶猶豫豫地說「野孩子樂隊」的小索出了什麼事，問我知道不知道，我說我沒聽說，請他問問別人。掛上電話，我覺得有什麼不好的事情已經發生了。

晚上去「無名高地」演出，坐在公共汽車上，城市依舊歌舞昇平，下班的車流人潮洶湧，大腹便便的北京依然喧囂，到了酒吧，從王娟那兒得知了確切的消息。

我想起陶淵明的《輓歌》：「親戚或餘悲，他人亦已歌。」

我不是小索很親密的朋友，但敬重他是個認真做音樂的性情中人，我決定今晚為了他不唱那些歡樂的歌。

先哲說，死生如晝夜，可對於當事者那是通天徹地的黑暗，而生者盡可躲進小屋，點亮燈，死亡在窗外，只能觀看，卻無法援手，對於逝者我們深深地歉疚。

一九九八年，我在「斜陽居」唱歌，第一次見到小索。再見面是在「河」酒吧，一個桌上喝酒，那是醺醺的燒熱了的黃酒，煮著楊梅，當時說了些什麼話，現在已淡忘了。後來，我主編《低岸》，收錄了「野孩子」的幾首歌詞。那時，感覺他們的音樂裏和諧完美的和聲，純淨的吉他，有時會削弱民歌本

身的顛覆性和張力，但那也只是白璧微瑕。「野孩子」的音樂仍是中國最樸實、最真誠的音樂，尤其是他們的現場，那種來自於本土的律動，可以破壁而出，直刺人心：

山上的花兒，你自己開，自己長，自己搖晃
路上的人兒，你自己走，自己唱，自己張望
那些秋天的高粱爬上山岡
那面的火車走向遠方

多少挑著擔子去口外逃荒的農民，嘉峪關外的駝隊，殘陽如血的西北大地，把一輩子的愛恨寄託在一支花兒裏的人們，在他們的音樂裏永生。

而今，和聲已不在，只餘下單翅的旋律，孤獨地遊向未來。最好的墓碑豎在人的心裏，最好的悼念，是一個人坐在黑暗中，想起他，漠然揪心，一根黑髮寸寸變白。

願小索點亮他的歌一路照耀，通過死亡，願他多年後重生於黃河岸邊，彈吉他，組建樂隊，來北京，去西安、蘭州演出，去巴黎地鐵賣唱，把幾文法郎戲笑著帶給北京的朋友，重建「河」酒吧，與兄弟們把酒高歌，感歎音樂的魅力，感歎人生無常。

感歎我們曾經那樣年輕。

於香山，二〇〇四年十一月四日

節氣札記

白露

露從今夜白。

九月十日，在新豪運舉行我的專輯《沉默如謎的呼吸》的發行式。現場的人很多，我在演出中加入了大提琴和笛子，整個音樂平添了幾分古典氣質。但那天我的狀態並不好，我知道，完全進入狀態，是一種四肢百骸被浮起來的感覺，那是失重的狂喜和恐懼。散場後，我們二十多個朋友，找了一個空地，圍坐一圈，小河抱了一把三根弦的破吉他，指揮大家唱蒙古的狂歡歌。一個人領唱，然後大家應和著合唱，一直到天亮。

九月十八日，今天中國各大城市警報長鳴。本人的專輯也悄悄地上市了。如果它有生命，一定會沮喪地想，怎麼這樣倒楣，一出生就遇到了空襲。不過，音樂是用來祝福的，再有破壞力的歌也不如一顆廉價的手榴彈。我覺得搖滾樂可以釋放人的暴力情緒，一場狂歡性的演出能夠消解潛伏中的戰爭，那多

好！

拿到專輯，我首先要給遠方的老媽寄一張。老媽退休多年，領不到退休金，整天在路邊擺攤賣衣服。她是想在有生之年，攢點錢，為了流浪在外的兒子下半生能有個著落。她會拿兒子的專輯給親戚鄰居們看，覺得很光彩。她會說，你看，我兒子並不像你們想像的在外面瞎胡混，他做出了點成績。就算她聽不懂我的音樂，那又怎樣？就算這些快樂只是虛榮，又怎樣？只要她高興，讓我上春節聯歡晚會也在所不惜。

秋分

今天我們的地球一半黑一半白，全人類一半睡覺一半唱歌。

我喜歡被生活車裂的感覺，在極動盪極寧靜中交替輪迴。一周總有幾天要去演出，擠公共汽車，過地下通道，到了酒吧，和朋友寒暄，喝白酒啤酒，上臺唱歌，感動人也被感動。在暗淡的燈光下興奮頹唐，完了去吧檯結錢，打車回家。車過頤和園，夜氣轉涼，草木香越來越濃。到香山，一個人醉醺醺走上坡，周圍那麼靜，剛才的熱鬧如此虛幻，恍如隔世。回到小屋，煮一碗速食麵，熱乎乎地鑽進被窩睡覺。

我的小屋後面是樹木叢生的野山坡，坡上有一片墓園，墓園旁擺放著十幾個蜂箱。天氣好的時候，蜜蜂的嗡嗡聲融入陽光，有一種催眠的作用。一個人坐上個把小時，時間緩慢，逐漸凝固，感覺自己成

了金黃琥珀中的一隻昆蟲。還有一隻貓和一隻狗，每逢我改善生活，牠們都會不請自到。鍋裏的羊排熟了，我摸索著掀開鍋蓋，鍋沿旁左邊一隻貓頭右邊一隻狗頭，都躍躍欲試。牠們雖然不愛聽搖滾，但我知道牠們是又聰明又快樂的生命。況且，牠們也比較符合我們中國的審美趣味：敏於行而訥於言。

當然也有朋友來看我。詩人殷龍龍來過，臨走，他說，我們活著是兄弟，死了下地獄。天津的君兒來了，她說：

我還是要和所有要走的人一樣
把你一個人留在山上
把你的燈吹熄
把你的酒放回原地
把你立在夕光裏的身影換成眼淚

小河和他的女友妹妹來了，他說，說什麼，已經忘了，因為我們那時已喝多了。

霜降

上帝用右手降下嗎哪，用左手降下災難。

十一月四日，朋友們為小索舉行了一次紀念活動。我唱了海子的〈九月〉，我們把生命歸還死亡，正如把遠方的遠歸還草原。每個人都欠上帝一個死，可除了基督徒的天堂，佛教徒的極樂世界，能否給我們這些熱愛藝術心地又不壞的人建造一個稍簡陋點的天堂，永恆中只要有酒、愛情和大悲大喜的音樂，捎帶有幾包中南海香煙就行了。

立冬

今天很冷，小屋裏還沒生暖氣。一隻蚊子從我耳邊飛過，我想，這傢伙一定在哪兒搞了一件軍大衣，要不怎麼這樣抗凍。《通俗歌曲》約我寫一篇音樂日記，已拖了幾天了。在今夜，在這個冬天的大門口，我要把它寫完。

於香山，二〇〇四年

亂想

在最後審判到來之前，眾多的死者只能靠睡覺或打牌打發時日。他們偶爾探頭張望人世，抱怨怎麼還沒完。然而，審判之後呢？大家塵歸塵，土歸土，全宇宙吹響熄燈號，無論聖人、罪人，和上帝一起相擁而眠，一覺睡入深淵。

黑甜！黑甜！

永遠黑甜！

上帝說，要愛你的仇人，那他為什麼要把罪人打入地獄？有一種解釋，上帝不判決人，但背離上帝，就相當於置身地獄。只要地獄的受苦是永恆的，那麼作為獨立的個體的人就是永恆的，永遠的法人，對我曾經做過的事情負責到底。可這仍是邏輯，宗教就可以無限度地超越邏輯嗎？那上帝賜予人邏輯思維是幹嘛用的？

孫悟空說，佛是個胖老頭，討厭運動，捧著肚子，整天想著不生不滅。禪是他鉚入虛空的螺絲釘，把虛空煞有介事地釘進虛空。然後把指頭豎到嘴前：噓，保持肅靜。

天行健，君子當自強不息。如果有神，那我愛他的品質就應該是自強不息。
有一部電影，它要連續放一百年，才能演完。而且，其情節絲絲入扣，讓人一看就再也無法割捨。於是，好多人出生後，根本顧不上上學戀愛賺錢，眼睛不眨地看啊看，直到死之將至。如果他是陸游，那他會叮囑後輩：電影結局說個啥，家祭無忘告你爸。
盲人感覺到的是黑暗嗎？人的手掌上沒有長眼睛，手是否感到了黑暗的桎梏？同樣聾人也無所謂寂靜。對於死亡，我們不能以生的角度去感知它，正如不能以視覺來體會失明，不能用聽覺來體會耳聾。
我想知道，
房子裏是否亮著燈，
我按開關，
一隻蜜蜂，
嗡嗡地撞著玻璃，
我再按，
房子裏歸於寂靜。
節奏就是因果律，就是輪迴；春生秋殺，月圓月缺，黑夜白晝，就是星體運行的橢圓軌跡，就是我們腦子中的上帝與魔鬼，就是三十年河東三十年河西，就是被翻紅浪，就是存在與虛無。而生命是這個

宇宙舞廳的舞蹈者、歌唱者、聆聽者，可這個舞廳是誰開的，誰是包廂裏置身事外的旁觀者？

坐在窗臺上看陽光，

坐在馬紮上敲核桃，

坐在竹椅上寫信，

坐在沙發上等死，

坐在你愛人的病床旁想著日子還沒過夠，到哪兒再弄他一輩子。

早晨，煮稀飯的咕咕聲，像個老實人在打呼嚕，像個懶和尚在念經，那是對於今生和此岸的讚頌與肯定。

寧靜是什麼？是全人類都在你耳旁耳語，好像夜裏床下有一隻蟋蟀。

於香山，二〇〇四年

托音樂的福

要說我這種人能到今天，解決了溫飽問題，而且有生之年，還很有可能達到小康，那還多虧托音樂他老人家的福了。

上學的時候，老師經常教育我們，在舊社會，盲人只有三條路：要飯、賣唱和算命。本人不幸，秉承了舊社會的陋俗，走上了賣唱的道路。其實，賣唱是對一個歌手最中肯的定位，總比賣身或賣國強吧！

我的音樂起點是二十世紀八十年代的路燈下，貧窮的瀋陽鐵西區，工人階級朝氣蓬勃著。那時吉他還沒這麼洋氣，被直觀地稱作六弦琴，而且彈琴的手法都是掃弦。黯黃的燈光和著破爛的琴聲，還有流里流氣的歌，唱著那個時代年輕人的青春、愛情。我還經常收聽澳洲廣播電臺的聽眾點播，電波穿過浩瀚的太平洋摻雜了鯨魚的嚎叫和海浪聲，細若游絲飄進我的耳朵，〈三月裏的小雨〉、〈香港之夜〉，彷彿都是來自外星人的天籟。

到九十年代，才聽到了一些美國鄉村音樂，不過，剛開始聽外國人唱歌，好像全一個味兒。後來接

觸了披頭四，有了最初的感動，尤其是藍儂的那首〈Love〉，讓我知道世界上還有更複雜更好聽的歌存在。

一九九五年，我在北京賣唱，唱的是羅大佑還有葉佳修，也唱〈Let It Be〉，為了熟練中間的吉他間奏，著實花了我好幾個不眠之夜。再後來，全中國風行Blues，我也翻唱過〈淚灑天堂〉、〈隨風飄逝〉——後者應該不算。但對我創作最有啟發的是〈大門〉、〈感恩而死〉和鮑勃・馬力，還有古典音樂中的巴哈和德布西。古典音樂給了我和聲上很大的啟示，尤其是巴哈的平均律，他的音樂固執、內斂，屬於真正不煽情，為自己心靈而創作的音樂。

我一直沒搞過樂隊，因為我的吉他水準很差，節奏不準、彈琴方法不正規。這麼多年，只有小河能遷就我，他是超越了技巧，我是沒掌握技巧，我們在這一點上正好達成了共識。現在人們稱我的音樂為民謠，但我自己也弄不大清楚，一把木吉他就是民謠，如果我加了效果器或是架子鼓，那該是什麼？中國的民謠定義還很形式化，冠以「最具人文特色」就更使我誠惶誠恐了，莫非我們中國曾經有宗教音樂嗎？我也習慣了一個人彈琴唱歌，這樣比較機動靈活，拿得起放得下，想去哪兒唱就去哪兒。所謂一個人吃飽了，全樂隊不餓！

總而言之，衷心地希望音樂他老人家長命百歲，在我死以前可別消亡。我得托他的福，有麵包牛奶，有啤酒白酒，到處走，有人愛，也可以愛別人。

要不然，哎！！

盲人影院

盲人影院聽起來，那像是個門牌號，就坐落在某個街道的轉彎處。其實它無所不在，彷彿波赫士的圖書館、卡夫卡的城堡。

每個人都有一個自己的盲人影院。周圍是空蕩蕩的無邊無際的座椅，螢幕在前方，那不過是一片模糊的光。我們在黑暗中誤讀生活，自言自語自說自話。只有想像它真實如流螢，在我們的現實和夢境裏盤旋閃爍。一個現實的人，也就是一個抱著自己冰冷的骨頭走在雪地裏的人，而想像是我們的裘皮大衣，是雪橇、篝火，是再也無法看到的螢幕上的春花秋月，最後，等著死神，這個領票員，到我們身旁，小聲提醒說，電影散場了。他打著手電筒帶我們走出黑暗。

我的文字，我的歌，就是我的盲人影院，是我的手和腳，她們甚至比我的身體和房屋更具體、更實在。感謝她們承載著我在人群中漫遊，給我帶來麵包、牛奶、愛情和酒。

我把我黑暗的日子擰啊擰，擰出窗臺上的一張專輯和一本書，為那些虛度的光陰命名，還有一些流逝的、不可命名的日子和人，為她們曾默默地微笑過存在過做見證。

於香山，二〇〇四年

回憶圓明園

我於一九九五年三月末入住圓明園畫家村，當時由於畢業後在家鄉找不到工作，正在尋求出路。偶然聽到一名北京學生提及北京城有個畫家村，不由心嚮往之。於是帶著六百元錢去了北京。

那時很天真，剛到北京大學就問畫家村在哪裏，結果人說周圍只有個中關村。後來找到了福園門，才陸續地見到了一些搞藝術的人。最先在福海邊見到四川詩人張建之，他當時在園子裏很活躍，簡陋的屋子的門上掛著一個牌子，上寫「廢墟編輯部」。當時感覺圓明園這些藝術家雖然窮困，但名士的架子不倒。

張建之幫我找了一所房子，在福海邊六十九號，每月房租八十元錢。房東大姊姓李，是圓明園裏看船的，人很好。我眼睛不方便，過了福海都是土路，下雨天很泥濘，但由於房東對我很好，後來就一直住在那兒。我每天的工作是背著吉他去北大南門圖書城口賣唱，比起我們同村的藝術家，我的收入算是小康級水準，每次少則幾十元，多則一百元，不過多是毛票，半書兜的錢背在身上有一種腰纏萬貫的感覺，而且我在賣唱過程中，為畫家村拉回了好多新的居民，有厭學的學生、有初來北京要幹一番大事業

的藝術青年……他們經我介紹，如飛蛾投火，紛紛入住圓明園村，沒過幾天就成了面有菜色、灰頭土臉的典型畫家村村民。

當時村裏還有個專演毛主席的演員，總披著件軍大衣佇立在福海邊指點江山作主席狀，有一天他操著湖南話對我說，你們搞文藝工作的真不容易呀！我一下子感動得快哭了；還有一個搞政治的小伙子，姓卞，他總說某某政府在他腦子裏安了竊聽器，而且常要向我們借幾塊錢說是到中南海開會；我們院子裏還有個唱歌的小伙子叫羅鵬飛，他曾經去一所小學賣蝌蚪，並寫上招牌：「搖滾牌蝌蚪」。總之圓明園是一個貧困但不寂寞的地方，總有一些稀奇古怪的事情發生。當時，見到陌生人，最愛問的是：「你是搞什麼的？」或者畫畫，或者搞音樂，或者寫作，反正要搞點什麼，要不到這兒幹啥？是這樣的，好多人是先到了圓明園村後才想到要搞一門藝術的。

村子裏也有幾個家喻戶曉的公眾人物，比方說王強，經常聽別人提起他，但我沒有和他接觸過；還有片警：小白和李海龍，他們象徵著昌平篩沙子、暫住證，以及許多雞飛狗跳的不眠之夜……給人印象很深，所以到現在我還記得他們的名字。

一九九六年，我離開圓明園去了南方，沒有什麼具體的原因，感覺一切浪漫總得有個頭，而且一大堆藝術家紮堆在一起，覺得自己離藝術本身更遙遠了。

圓明園是八十年代這個浪漫時代的遺腹子，它敏感、脆弱，七分幽怨，三分憤怒，終不免薄命早夭，假設給畫家村一個更長久的存在時間，它會誕生出觸及這個時代本質的偉大的藝術家，但由於過早

地流產，圓明園的故事只是一些生動的素材和青春的回憶，它需要我們這些步入中年的藝術牛馬重新反芻。那時大家談得最多的藝術家是梵谷，因為通過傳記知道他很窮，而我們也很窮，起碼在這一點上我們等同於梵谷，但貧困不等於偉大的藝術，很多藝術家陶醉於自己的悲劇命運中，他們事實上愛的不是藝術，而是貧困，愛上了虛妄中的悲劇英雄。其實我們貧困不如農民，苦難不如礦工，但我們是畫畫的或者是彈琴的，我們就要做好手邊最具體的事情。世界上不存在沒有作品的藝術家。現在我信奉的是：藝術家，靠你的作品去吶喊、靠你的作品去說話。回想畫家村還是覺得很美好，在那兒住過的人多年後再見如老友重逢，而且我們永遠以曾經在那兒居住過為榮。那些饑餓的天才、那些熱愛藝術但才氣不足的狂熱分子、那些好的壞的房東、那些員警、那些把自己僅有的生活費獻給藝術家的女學生……他們成了時代的灰燼，但讓人長久地懷念。

於香山，二〇〇六年一月七日

再憶圓明園

一次，我在圖書城唱歌，遇到了一個一〇一中學的女生，大概讀高一。聽我講村裏的故事，神往啊神往，結果被我擺渡回圓明園。我們院子裏有個畫家小溪，人很好，畫畫也很有風格。小姑娘和他一見如故，簡直將其奉為精神領袖，兩人談到半夜，剛把宇宙的事說完。因為姑娘住校，所以絕對是無法回宿舍了。我當時想，如果小姑娘把持不住，有個馬高鐙短可咋辦，畢竟是我把人拉回來的。當然，也有些嫉妒，就算馬高鐙短那怎沒馬到自己頭上呢。所以，我和另一個朋友就去勸小姑娘先去休息，等下次來再和畫家仔細聊，也不在乎一朝一夕的。小姑娘還行，很聽話地在另一個空房子裏睡到天亮，然後回學校了。

幾天沒消息。話說一天傍晚，一輛海澱法院牌照的警車，開到我們院前。我們一看，天塌了，但是天為何塌卻不甚了了。原來是小姑娘帶著她的父母，還有一個員警來看望我們這些藝術家了。小姑娘沒回學校那天，她父母就知道了，以為姑娘出了事情，都想報案了。她父母在法院裏工作，大家一看，來勢不善，就解釋，小姑娘那天住在那間空房子裏，度過了一個藝術的也是清白的純潔的夜晚，並請房東

作證。人家說已經帶她去醫院檢查過了，還行，沒意外，要不，就不會這麼溫和了，我們隱隱嗅到了昌平沙子的芳香，要是小姑娘不純潔了，那我們全院子的藝術工作者，都得集體挪挪窩。

到走的時候，她娘還提醒小姑娘，快和叔叔們說再見，一句叔叔再見，真是辛酸呀辛酸，萬幸呀萬幸。

於清華，二〇〇八年九月九日

造歌運動

這是個起風的日子，
夕陽也回到他的家裏，
給心情貼上一張郵票，
卻不知要把他寄向哪裏。

各位上眼，猜一猜這是誰的歌詞？

這是周雲蓬在圓明園參加造歌運動時候的糟糠之作。

何為造歌運動？

話說一日我在街上賣唱，偶遇兩個江西的小伙子，也是唱歌的，跟我回了圓明園，一下子找到了自己的歸宿。

正好我們院子裏有空房，他們就搬了進來。他哥倆都姓陳，晚上一起喝酒，我問陳老大，喜歡啥人的歌，他說：國內的鄭智化，國外的卡本特；我再問陳老二，老二說：國外的卡本特，國內的鄭智化。嗨呦，還是雙胞胎。

果然，第二天，滿院子，充滿了鄭智化的歌聲。他們總重複那一句：

偉大的工程修了三百年，修來修去，還什麼沒修好。

閒話少敘，忽有一日，陳老二，賣了一首歌，兩千大錢。了不得了，半個圓明園為之一哆嗦。大家紛紛詢問，咋個賣法？原來，陳老二在中唱公司認識個朋友，他賣的那歌叫〈流浪〉。圓明園那時最不缺流浪了，陳老二說可以幫大家引薦，於是全體一哄而散，都回家造歌去了。我那個歌叫〈歸路〉，後面的詞才好呢：

門外是蒼茫的天地，
歸路是芳草萋萋，
如今我成了走失的孩子，
忘記了家在哪裏。

陳老大也造了一個，好像是首武俠歌曲，其中有一句：

浪子快刀無敵手，誰與我鬥？

幾首歌出欄了，寄託了我們的希望，攜帶著我們對人民幣的美好憧憬，被陳老二包裹包裹就帶到公司去了。

結果，等待等待再等待，用句古漢語形容真是他娘的杳如黃鶴。

轉過年，大家一看，也不能整日嗟想著餃子，不吃飯呀，於是乎，各人該幹啥幹啥去了。

我繼續賣唱，賣蝌蚪的賣蝌蚪，擦皮鞋的繼續擦。

後來，我的這首〈歸路〉，還真有了著落。一次在泰安賣唱，遇到了山東電視臺午夜相伴節目組，他們為我做了個訪談，據說在某個寒冷的冬夜深處，陰森森地播放了一下。估計聽見的鬼比聽見的人還多些。

陳老大的武俠歌曲，也有了半個歸宿。

園子裏有個寫武俠小說的老兄，正在構思一篇武俠巨著，叫做《江湖風波》。

一天，他愁眉苦臉地來找我，我以為要借錢呢，原來他的小說卡殼了，裏面的小師妹是嫁給大師兄

還是嫁師傅？

著實地難以取捨。

這時候，趕上陳老大在場，給他唱了〈浪子快刀〉，兩人一見如故，聊得很融洽，當場拍板，《江湖風波》的主題曲就用陳老大的〈浪子快刀〉了。

不過現在一想，小師妹還沒主兒呢，巨著寫完要出版，然後再拍電視劇，然後才有主題曲的事。

真是個

遠啊，

比遠方更遠。

於清華，二〇〇八年九月十二日

寫在《中國孩子》前面的話

蛇只能看見運動著的東西，狗的世界是黑白的，蜻蜓的眼睛裏有一千個太陽。很多深海裏的魚，眼睛退化成了兩個白點。能看見什麼，不能看見什麼，那是我們的宿命。我熱愛自己的命運，她跟我最親，她是專為我開、專為我關的獨一無二的門。

某些遙遠的地方，一輩子都不可能去。四川有個縣叫「白玉」，西藏昌都有個地方叫「也要走」，新疆的「葉爾羌」，湖南的「蒼梧」，這些地名撼人心魄，有神態有靈魄，在天之涯海之角它們有隱秘的故事，殷勤地招呼我過去聽。但人生苦短，我大概沒有時間聽所有的故事，如果今生無緣，那就隔著山山水水握一握手。

走在街上，想唱上一句，恰巧旁邊的人唱出了那句歌。是什麼樣的神秘的力量抓住了兩顆互不相識的心？音樂是遊蕩在我們頭上的幽靈，它抓住誰，誰就發了瘋似地想唱歌，可我怎麼才能被它永遠抓在手裏？我走遍大地或是長久地蝸居一處，白日縱酒黑夜誦經，我呼喊音樂，把我從我的現實生活中拔出來，但常常落空，我只有埋頭於生活裏，專注地走一步看一步。音樂不在空中，它在泥土裏，在螞蟻的隔壁，在蝸牛的對門。當我們無路可走的時候，當我們說不出來的時候，音樂，願你降臨。

於香山

「《中國孩子》走唱中國」歲末感言

從二〇〇七年五月十九日在蘇州古城牆下，參加《城市畫報》組織的創意市集演出，至十二月九日在福州博客酒吧巡演結束，「《中國孩子》走唱中國」歷時七個月，途經濟南、青島、蘇州、無錫、上海、杭州、西安、北京、銀川、蘭州、西寧、麗江、大理、昆明、貴陽、桂林、陽朔、長沙、武漢、重慶、成都、深圳、廣州、南嶺、廈門、泉州、福州……共計演出四十餘場。

本著一個人吃飽，全樂隊不餓的精神，一路歌唱。我是我自己的經紀人、樂手、歌手和唱片推銷員。自五月份自費發行《中國孩子》唱片，到如今已賣出兩千餘張。

回望來路，江湖秋水，長河落日。僅憑一人一琴一盲杖和途中許多人的幫助，唱遍了大半個中國。時值深冬，我藏身於西南的某個樹洞中。陽光灑身，暖水在握，心中實在有些小小的自豪和莫大的感恩之情。感謝以下酒吧和單位提供的演出場所：

上海4LIVE和現場酒吧、杭州旅行者酒吧、無錫北倉門生活藝術中心、北京疆進酒、西安老街酒吧、銀川街口酒吧、蘭州時間酒吧、西寧簡單的日子酒吧、麗江雪山音樂節民謠場、束河旅馬酒吧、大

理五十碗酒吧、昆明半山咖啡吧、貴陽南方公園酒吧、桂林算了吧、陽朔雷鬼酒吧、長沙可哥清吧、武漢VOX酒吧、重慶成名現場吧、成都小酒館和家吧、深圳根據地酒吧上步店、廣州喜窩、南嶺森林公園社區禮堂、廈門第六晚咖啡館、泉州在路上酒吧、福州博客酒吧……

感謝以下好友的奔走協調：

上海悠悠、無錫李峰和朱重陽、青島張亞林、北京崔文歆、西安雙喜、銀川陳謙和李卓森、昆明楊文琳、長沙吉樂、武漢威恩、廣州張曉舟、廈門阿貴、泉州小少、福建郭海……

感謝以下媒體的無償宣傳：

《新京報》、《城市畫報》、《江南晚報》、《無錫日報》、《成都商報》、《南方週末》、《南方都市報》、《廈門晚報》、《泉州晚報》、《春城晚報》、《生活新報》、《雲南資訊報》、《瀟湘晨報》；福州音樂臺、山東經濟臺小宋直播室、無錫音樂臺、雲南音樂臺、重慶音樂臺、深圳音樂臺、廈門新聞臺；豆瓣網周雲蓬小組、無錫新傳媒網、天涯網冉雲飛博客……

如有遺漏，請多包涵。

還有，最重要的是那些買門票看演出、花錢買碟的朋友，她們或他們是我的陽光、土地與水。

最後，祝網上網下，路上水中，東南西北，六道三界所有親朋至愛，平安幸福快樂。馬上就是新的一年，音樂會繼續愛你們。

音樂永遠愛你們。

於麗江，二〇〇七年十二月十九日

饑餓藝術家的饕餮大餐

饑餓是當年圓明園畫家村的重要屬性，十年過去了，畫家們作了一次集體的、橫跨北京的大逃亡，遷徙到宋莊。宋莊是一個發福了的中年版圓明園，但曾經的饑餓仍在許多人心中留下烙印。

九月末，我參加了一次以喝酒吃飯為輔、以藝術展覽為主的宋莊大party。我是作為歌手被邀去，為大家助興的。舉辦這次活動的朋友之一費曉勝大談特談這次party是由栗憲庭鼎力贊助，還邀請了張楚，據說下次還會邀請許巍。

車行過「中國宋莊」的大牌子，繼續開了三四公里，費曉勝先帶我們吃了一頓正餐。席間，他秘密塞給我兩百塊錢說是車馬費，又說這次經費有限，以後發展好了錢會越來越多。吃完飯又上車，開了一公里，過一個小湖，就到了這次party現場。是一個畫家自己的院子，院子極端龐大，裝幾百個人沒問題。

一進院子，空氣裏瀰漫著烤羊肉串的味道。我先遇到一個過去住在香山時的女鄰居，她是一名福建的女作家，最近剛剛搬到宋莊。「哎，雲蓬，想吃點啥，我趕緊給你弄點燒烤。」剛說了一句話，我就

被費曉勝拉到二樓的天臺上，據說這裏是VIP席，人們都在一堆一堆地聊天，費曉勝問我喝什麼酒，我想了想，說紅酒。因為憑經驗，紅酒是最先被喝光的。啤酒、二鍋頭則不忙喝。一杯紅酒下肚，我又遇到了一位作道士打扮、從前總出沒於香山的王某某。對他印象深刻是因為他和我的另一個朋友李鐵橋的一段小故事，李鐵橋是從挪威歸來的先鋒薩克斯手，一次在我香山小屋後面的墳地裏苦練薩克斯，這時王道士出現了，王道士聽了一會，以為他是初來乍到的嫩手，就問：「你認識李鐵橋嗎，那是我哥們，哪天我引見你認識他，跟他學兩手。」李鐵橋大驚，「啊，你認識李鐵橋？你跟他熟嗎？」王道士說，「熟啊，老朋友了。」這段故事被李鐵橋寫入他的博客。

第二杯紅酒喝完，一個畫家拉著一個女人過來，為我們互相介紹：「這是周雲蓬，他寫過一首歌叫〈不要做中國人的娃〉。」我的第二杯紅酒差點噴出來。那個女人對我說了很多鼓勵的話，還說，「你們藝術家的生活太枯燥了。」我以為下面要談關於贊助的事情，或是要買我幾張專輯，結果沒有什麼結果。就這麼一耽誤，紅酒已經沒有了。我聽到周圍人都在抱怨「燒烤怎麼沒了」，「哪還有紅酒啊」，我就趕快囤積了一瓶燕京啤酒，果不其然，過一會，連啤酒也沒了。

演出開始了。先是麥子和他的樂隊，麥子現住宋莊，他創立了一個新的哲學流派，叫「微哲學」，他那天的演出就是在音樂的伴奏下闡釋他的「微哲學」的原理。但是音箱太差，基本上聽不大清。演出是在院子一進門的左側，搭了個大臺子，這讓我想起當年參加藝術團在城鄉走穴時的情景。話筒是上世紀在街邊唱卡拉OK的話筒，音箱是本世紀在地鐵車廂裏賣唱的那種音箱。麥子完了，小河登臺。小河

還是很認真地進行他「一個人的交響樂」，幾乎把所有舞臺資源都利用上了。舞臺上有一個破舊的架子鼓，他一邊打鼓一邊呼麥，最後鼓被他打破了，他的演出也結束了。接下來是張楚，張楚唱了〈螞蟻螞蟻〉，還有一首新歌，感覺張楚也很不適應這些舞臺設備，演完就走了，沒留下來吃晚飯。等我上臺時，音箱、話筒都已經到了它們承受的極限，我給大家唱了「不要做中國人的娃」，就下臺了。下臺後我問費曉勝，這音箱是花多少錢買的，他說，不是買的，是花三百塊錢租的！

演出完，大家想在一起聊聊天，我們的車剛出大院，一輛警車停在外面，員警大喝一聲：哪來的。我彷彿從酒山肉海的宋莊又被打回到圓明園查暫住證的時代，幸好小河機智，說我們來看展覽，「哪兒的展覽」，「就在院子裏」。員警進院子，我們得以脫身。

到一個飯店，也是一個畫家開的，服務生是個聾啞姑娘。小河點菜，她聽不見，小河就在點功能表上畫一個碗，碗裏幾根線，上面畫幾條熱氣，姑娘就給我們上碗麵條。畫個向日葵，她就上盤葵花籽。我想讓小河畫一條中國龍，可惜他不會畫，不然就可以給我們上盤小龍蝦。這讓我想起我小時候最崇拜的畫家馬良，他畫啥就有啥。

半夜，我們半醉半醒地從藝術的宋莊回到現實的北京。

二〇〇八年九月

嶗山道士小青島

十二月一號，我參加了「美好藥店」新專輯《腳步聲陣陣》的首發演出，地點在蜂巢劇場。晚八點，我們在休息室，票很緊張，大家都忙著接電話，樂手甲說：「我已經沒票了，我身上連工作證都沒啦。」樂手乙：「實在不行我出去接你，把我的票給你。」旁邊的人說：「那你就進不來了。」

過一會兒，腳步聲雜沓，觀眾開始入場，大家快速地往嘴裏扒拉著飯菜，這時，久經考驗的萬曉利在旁邊嘟囔，說自己感覺還有點緊張，招來一片嗤笑。小河則大喊一聲：「上。」我們就把剩下的盒飯扔在桌上，魚貫登臺。

導演孟京輝作了些簡短的說明，演出就開始了。我是作為合唱隊參與演出的，站在舞臺上看演出，好像是潛入廚房偷菜吃，吃到的都是沒有花生的宮保雞丁，或沒有雞蛋的木須肉。每個歌我們只需要唱幾句，但又不能下臺。起初，合唱隊隊長宋雨喆要求給大家準備點酒，不唱的時候喝兩口，結果未被允准。第一首歌是〈嶗山道士〉，整個一個微縮的音樂劇，中間穿插著小河和張瑋瑋的對話：「娘子，我的頭上怎麼長出一個包。」「你這是在做夢，整天看《神仙傳》，看點《金瓶梅》多好。」

這是我們排練時的臺詞，但今天演出太正規了，他又把詞改回來，說「看點正經書多好」。然後就一首接一首地演下去。應該說我聽不到整體的音樂，因為自己要不斷參與。唱到「老劉」時，整個歌沒我什麼事了，我可以心無掛礙地、像一個老酒鬼喜歡酒一樣沉浸在音樂裏。「老劉」講的是一個住在北京、晚景淒涼的老人的故事，前奏是馬林巴空靈剔透的演奏，伴著收音機調臺的聲音，小河平靜地講著：老劉七十多歲，一個人住，有個女兒，偶爾來看他。在他講完一段後，有幾秒鐘的靜場，我感到了臺下的黑暗，黑暗中全神貫注的觀眾，劇場外的街上是晚歸的北京和開始新一輪尋歡作樂的北京，更遠處有老人正在熄燈、上床。歌的結尾，是由「天通苑老年合唱隊」一遍一遍地反覆唱著和聲，緩慢而克制，那是不屬於這個劇場的普通老人的氣息。這首歌獲得的掌聲最真誠也最熱烈。

緊接著，不甘寂寞的萬曉利忽然說：感謝「美好藥店」的暖場，下面我的演出即將開始。大家先是一愣，繼而大笑。

我們一共只排練了十首歌，所以樂隊演完後，沒有返場歌曲。但興致正濃的觀眾怎肯甘休，這時小河突然對臺下說：「下面有請老周、曉利為大家演唱。」他也沒跟我們商量一下，這可真是毫無準備。臺上頓時一片拉拉扯扯、你推我讓的混亂局面，結果把我推上去了。我唱了一首歌，最後曉利唱了首《西遊記》裏的〈女兒情〉。真是首尾照應，第一首是〈聊齋〉，最後一首是〈西遊〉，從一個神話走向另一個神話，演出勝利閉幕。

事後，按照慣例，大家是要聚餐的。我和兩個姑娘作為先頭部隊，被派往簋街訂包間，我問多少

人，他們說大約四五十人。我們沿著簋街一直走，沒人的飯店不敢進，人多的又裝不下。走到簋街盡頭，和張瑋瑋率領的紅二方面軍會師了。據張瑋瑋說，這時從劇場出來的大部隊已經遍佈在簋街諸多飯店的門口，於是大家紛紛掏出手機狂呼亂叫，後來還是張瑋瑋拍板，並給大部隊打電話：我們「在小青島」，已經點好菜了，你們都趕緊過來。

等一會兒，大部隊到齊，真是一個人山人海，數一下，有六十多人。問小河怎麼坐，小河說：都坐一起，把桌子拼起來。聞此聲，飯店老闆面露迷惘，估計是調動了腦子裏所有的幾何知識，在想怎麼拼桌子。有人建議擺個「T」形，有人建議擺個「王」字。老闆更茫然了。後來只能將就著坐兩桌。於是大家入席。

開始敬酒，再後來就分成了無數小會場，你只能聽見你旁邊的人在說什麼，遠一點的都是「嗡嗡嗡」。誰想作公共性發言，就大喊一聲：靜一下，某某某要說話。輪到樂隊成員講話時，小河先講了一通，大家熱烈鼓掌，有人起哄，問「美好藥店」何時解散，這時郭龍站上凳子，深情地說：「**等到世上再沒有戰爭、等到人們再沒有欺騙、等到所有有情人終成眷屬。**」這個即興的煽情把晚會推向了高潮。

最後大家合唱〈難忘今宵〉，飯局結束。買單錢是兩千五百多元，而「美好藥店」當晚演出的淨收入只有五千多塊。

走出飯店，街上已經有了豆漿油條的氣味，用莎翁的話說就是：黎明女神，披著彩衣踏著晨露來到東直門。不過，還是中國作家曹禺說得更好：太陽不是我們的，我們要睡了。

二〇〇八年十二月九日

我們來開「紅色推土機」

我九歲失明後，最渴望得到的是一台有短波功能的收音機，它對於我意味著重返人間的道路；漂在北京，我最嚮往擁有一台具備語音提示功能的能自由閱讀和寫作的電腦，這樣才能更個人更隱私地與世界交談。現在，我用電腦寫下這些文字：我想發起一個幫助貧困盲童的計畫，尋找那些經濟窘困的盲童，為他們購買讀書機、樂器、MP3，**我無法承諾為某個盲童帶來一生的幸福，這個計畫只是一聲遙遠的召喚，就像你不能送一個迷路的盲人回家，但可以找一根乾淨光滑的盲杖，交到他手中，路邊的樹、垃圾箱、風吹的方向、狗叫聲、晚炊的香氣，會引導他一路找回家門。**

《紅色推土機》，二十六個歌手，二十六曲童謠。如果設定每首歌都是顆行星，那麼我們為之公轉的核心，是一個等待幫助的孩子，他坐在黑暗裏。每個孩子都是一輪太陽。

這張專輯是眾多民謠歌手自願無償錄製的，專輯收入將全部用於幫助貧困盲童，努力讓他們的生活有歌聲有希望。

專輯的公益性質，並沒有妨礙其音樂上的原創和探索，每首歌曲都體現了創作者的最新音樂理念。

他們唱童謠，不是裝天真，是向來時路的新的探險。

專輯涵蓋了廣闊的地域性，有南方「五條人」的潮汕兒歌，上海灘「小毛驢」陸晨，有新疆哈薩克的冬不拉，有邯鄲樂派的小河與曉利，西湖「與人」的螃蟹和四川白水的螃蟹遙遙相望，張佺修理黃河邊的「水車」，蘇陽在賀蘭山下捉螞蚱，燕園裏呂淑賢數星星，納木錯湖畔的盲女憧憬著她的《金山之上》。

我們來自五湖四海，這是一張中國的民謠地圖。

參與的歌手從一九六〇年代出生，到八〇後，最小的是西藏十二歲的小姑娘嘎瑪德慶。幾代人的童年以音樂的方式重疊在一起，參差但不凌亂。

我們終將會老，但我們的歌會更健壯更年輕。

時候到溜

我們來開「紅色推土機」，推動我們，推你們，推音樂推動生活

笨拙誠懇一個腳印一個腳印地來把明天推向更光明更開闊的高處。

於石佛營，二〇〇九年四月八日

綠皮火車

火車輪子轉動的聲音，就像雷鬼樂，讓人身心放鬆，所以火車有可能治癒人的失眠症和抑鬱症。我們小時候看的《鐵道遊擊隊》、《瓦爾特保衛薩拉熱窩》、《卡珊朵拉大橋》都是有關火車的故事。男孩們把釘子放在鐵軌上，等火車開過，你就有了自己的小李飛刀。姑娘們期盼火車把自己送到遙遠的地方，絕不嫁給鄰居家的小二黑。我們敬畏這麼大個鐵盒子，能夠如此兇猛、如此持久地奔跑下去。

1

我家住在鐵西區，是瀋陽的工業中心。「鐵西」名字的由來是因為有個鐵路橋在我們的東邊。每次坐公共汽車路過那裏，我總要踮起腳向橋上看，那裏時常會有火車經過，那種力量和速度，以及它要去的遠方，令一個孩子興奮恐懼。

後來，我患了青光眼，媽媽帶我去南方看病，從瀋陽到上海，那時需要兩天一夜，感覺真是出遠

門。很多鄰居都到我家來，讓媽媽幫忙帶上海的時髦衣服、泡泡糖、奶油餅乾，很多小朋友甚至羨慕地說，他也想眼睛有病，那就也可以去上海了。那是七十年代的中國。

在火車上，孩子的興奮也就那麼一會兒，接下來是疲憊困倦，媽媽把她的座位也空出來，這樣我就有了個小床，睡得昏天黑地的。不懂事，不知道媽媽是怎麼熬過去的。快到長江了，媽媽把我叫起來，前方就是南京長江大橋，在無數個宣傳畫上看過的，兩毛錢人民幣上那個雄偉的大傢伙，要親眼看到了。

可是還在夜裏，過橋的時候黑咕隆咚，只看見一個個的橋燈刷刷刷地閃向後方，想像著下面是又深又寬的江水，火車的聲音是空空洞洞的，變得不那麼霸道了。大概持續了十幾分鐘，當時想這橋該有多長，一定是世界上最長的橋。就像我認為中國是世界上最大的國家，瀋陽是中國最大的城市，當然除了北京。

2

我十六歲了，是個失明七年的盲人，確切地說，我是個像張海迪一樣殘而不廢的好少年。我可以拄著棍子滿大街地走了，能躲汽車過馬路，進商店買東西。

一天，我告訴媽媽要去同學家住幾天，然後偷偷買了去天津的火車票。此時我已知道，瀋陽只是個落後的工人村，遠方還有成都武漢天津北京。

我乘坐的是從佳木斯開來的火車，因為是過路車，沒座位。我坐在車廂連接處，謀劃著將要面臨的大城市。我終於一個人面對世界了，拿出事先買好的啤酒和煮雞蛋，喝上兩口，於是世界就成我哥們了，坐在我旁邊。

坐在我旁邊的是個老頭，他咽著口水，說：「小伙子，能給我一口嗎？」我把自己喝剩下的半瓶啤酒給了他。他說我看上去就不是個凡人，將來一定前程遠大。我一高興，又給了他兩個煮雞蛋。

到天津，住在一家小旅館裏，一天兩塊錢。在街上走，聽了滿耳朵的天津話。接下來，坐了兩小時的火車，到了偉大祖國的首都北京。

那時我是那麼崇拜文化，一下火車就去了王府井書店，還沒拆的那個。傍晚，去了陶然亭，因我剛剛聽過收音機裏播的《石評梅傳》，想去拜祭一下這位遙遠的才女。

3

爸爸說，你要想唱歌，就得向毛寧學，淨上中央電視臺，人家就是瀋陽混出來的。這時我已經在北京賣了一年的唱。

攢了一書包的毛票，那是賣唱賺來的。我要去雲南，確切地說是去大理。北京到昆明，五十個小時的硬座……

頭十個小時，是對雲南的憧憬，想像著那些地名，彷彿摩挲著口袋裏一塊塊溫潤的玉石。

十個小時後，這玉石也有點混濁了，怎麼熬時間呢？我開始留意周圍人的談話。斜對面座位上，在聊原子彈藏在哪裏，還有三十八軍，林彪。我聽了一會兒，換個臺，後面隔一排，在現場傳銷，講金錢成功，人生的境界。再換一個，遠處，有個姑娘說著她即將見面的男朋友，好像在昆明教書，她買了一水桶的玫瑰花，去看他。姑娘說得正陶醉呢，不想，水桶漏了，淌了一車廂的水。

二十小時後，周圍的聲音都變遠了，有點像喝醉酒的感覺，開始回憶自己看過的某本小說，或者考自己，前年的今天自己在哪裏，在做什麼，然後加大難度，五年前六年前七年前。有時候，感覺自己某段時間消失了，怎麼也想不起來，那段日子活了什麼內容？？於是，精神頭來了，慢慢地找線索，迂迴著，手挖腳刨，朝記憶的盲區匍匐前進。

三十個小時後，到貴州，睏得實在受不了了，乾脆放下矜持，躺在車廂過道上，別著頭蜷著腿，那真是安忍如大地。可是，賣東西的來了，馬上要爬起來，再躺下，上廁所的從你身上跨來跨去。那時，我的頭髮已經留長了，活了半輩子，沒想到頭髮也可以被人踩。

昆明的梅子酒太好喝了，小飯店太便宜了，我一放縱，幾百塊錢就花光了。接著到處找酒吧唱歌，未遂，再不走，真得要飯了。恰巧長沙有個朋友願意收留我，我就買了一張到懷化的票。還有大半程我只有逃票了。平生第一次犯法，非常緊張。

車過懷化，票已經失效，怕來查票，可偏偏不來，就那麼在想像中嚇唬著你。後來，我想到最危險

的地方，最安全。就主動找上列車員，向他詢問天氣，幾點了，湖南有啥好玩的，他喜歡啥音樂，問得列車員不耐煩，躲了我好幾回，終於我孫子兵法活學活用逃到長沙。

過了不久，我在另一次旅程中，又撞上了法律。話說，我和一個朋友去泰安，我那個朋友是個世界名著狂，兼搖滾音樂迷。

一路上，他和我討論馬奎斯、鮑伯・狄倫，荒誕派、存在主義，引得旁邊的人側目而視。我們下車的時候，突然有個便衣攔住我的朋友，說要搜查，不允許他下車。他們在車廂門口爭執起來，我那朋友往月臺上衝，員警往上拉，後來又來了幾個乘警把他拉上車。這時開車時間已經延誤了半個多小時，最後火車把他拉走了。

我被留在月臺上，火車站的員警把我帶到候車室，在我的行李裏他們發現了一個滿是旋鈕的陌生儀器，激動得聲音都變了，問這是什麼。我說這是吉他用的效果器，他們不信，於是我給他們現場講解，哪個鈕是幹什麼的，還插上吉他來了一段，他們才不懷疑了。

過了一會，火車上的乘警來電話，說調查過了，車廂裏沒人丟東西。問了問周圍的乘客，我們在車上說了些什麼，大家說，他們說的都是外國人的名字，沒聽懂。於是員警教育我，儘管排除了你們是小偷的嫌疑，但是在公共場所，高談闊論胡說八道，也是不對的，看你們態度挺好，這次就算了。我那個朋友交了五十元罰款，到了下一站才被趕下車。

4

北京是一個大鍋，煮著眾多外地來的藝術愛好者，煮得久了，被煮的就想跳出去涼快涼快。但鍋外面荒涼貧瘠，沒有稀奇古怪的同類交流，那就再跳回來。

二〇〇一年，我被煮得快窒息了，就去火車售票處，我問了很多地方，都沒票了，問到銀川，窗口裏說有，就買了一張。大概是四十三次北京開往嘉峪關的，夠遠夠荒涼。上車後，發現人很少，到最後，可以躺在座位上睡覺。我在銀川的光明廣場上賣唱，賺得盤纏，繼續向西，到蘭州，在西北師大賣唱，遇到一個有同性戀傾向的小伙子，主動幫我訂房間，花錢請路邊的孩子為我擦皮鞋，請我吃鳳梨炒飯，後發現我非同道中人，又突然消失。

繼續。

坐火車來到西寧，半夜了，西寧火車站候車室空空蕩蕩，我正盤算著下一步去哪裏，一個姑娘在我旁邊坐下，很有方向性地歎著氣，我心裏竊喜，莫非傳說已久的豔遇來了。

那時，火車上總流傳著這樣的故事：在長途列車上，某姑娘坐在你旁邊，她睏極了，就下意識地靠在你肩膀上睡著了，你雖然也睏，但為了陌生的姑娘睡得好，一天一夜保持坐姿紋風不動，等姑娘醒了，馬上決定嫁給你。

回到我的現實，我問她是否遇到什麼困難，需要幫忙，她說，她在西寧打工，老闆拖欠工資，現在

身無分文，要回家。我連忙拿出賣唱時別人塞到我包裹的餅乾麵包，與她分享。

第二天，我們坐上了去青海湖的火車。

車上已經能見到念著經的西藏人，海拔越來越高，幾乎感覺不到身後那個大鍋的溫度了。

我們在哈爾蓋下了車，哈爾蓋火車站旁邊，只有一個飯店一個旅館還有一個小郵局。吃飯的時候，我喝了兩杯青稞酒，壯了膽，問她能不能做我的女朋友。她說，她有男友了，在蘭州上大學。她問我約她來青海湖，是否就是為了讓她做我的女朋友？我在心裏點了點頭，嘴上說不是。

晚上，我們住進了那個小旅館的一個雙人間，門在裏面不能反鎖，得用桌子頂上。半夜，有喝醉的藏族人，猛敲房門，我擔心得一夜睡不著，以為住進了黑店。

早起，她說，既然你都把話說明了，兩人再一起走，就太尷尬了，她也怕對不起自己的男友。我說，你要去哪兒？她說想回蘭州。哈爾蓋只有兩個方向的火車，我就只好去格爾木了。

我們買了票，我先上車，我想最後擁抱她一下，說些祝福的話，但上車時，人很擠，她一把把我推上車，車門就咣當一聲關上了。

格爾木，那是通往西藏的路，車廂裏，有更多的藏族人在念經。有酥油茶的味道，陌生的站名，晚上，車裏很冷，外面是火星一樣的茫茫鹽湖，我感到了透骨的孤單。後悔，幹嘛偏讓她做自己的女朋友？就一路說說話，不也很幸福嗎？

到了格爾木，中國的鐵路到頭了。

再向前，是幾天幾夜的長途汽車，是犛牛的道路、大雪山、那曲草原。這時，我又想念起那個遙遠的大鍋了，它是溫暖的，可以肌膚相親的，世俗的，有著人間的煙火。

5

我現在在北京的住所，離火車道不到一百米，火車在我的聽覺裏，會很準時地開來開去。那種聲音低沉平緩，像是大自然裏風的聲音或是樹的聲音。對於我來說，它們不是噪音，有著安神靜心的作用。

一段時期，我會經常夢見一個小站，好像是北方的某個城市，夢裏要在那兒轉車。月臺整潔乾淨，好像還剛下過一場小雨，基本上也沒什麼工作人員，兩排鐵柵欄，圈起一條出站的路。有時候夢見自己要在那兒等半個多小時，一列車開走了，月臺安靜得讓人想打哈欠。

有時候的夢是這樣的，由於等車的時間太長，自己就出站到城裏轉了轉，離車站不遠有一條河，類似天津的海河那種，馬路上有一些中巴車在招攬著客人，是通往郊區的。在郊區有一個紡織類的、不太好的大學。整個城市的色調是那種淺灰色的，街上的人都平平板板的，很少說話。有時候夢又變了，我在那個城市的售票大廳買票，排著長隊，地上全是踩上去黏糊糊的鋸末。清醒後會想為什麼老夢見同一個地方，它是不是我曾經路過的某個城市，但在真實的生活裏，我的確沒去過這個地方。我有時查北方的地圖，覺得它應該在河南靠山東的某個小城。

關於火車，還有很多血腥和死亡。在我童年的記憶裏，火車道旁是個極為兇險的地方，經常發生兇

殺案，或者某某人又被軋死了。甚至傳說，當你走到火車道的某處，突然腳就動不了了，這時火車來了，地下就像有隻無形的手在死死抓著你。當然講這些故事的人，都是那些最終脫險，沒有被撞死的人。

在我上小學的時候，遼寧遼陽出現了一位捨己救人的青年英雄，好像他叫周雲成，跟我的名字差一個字，所以我記得很清楚。在火車快開來的時候，他從火車道上把兩個驚慌失措的孩子推到路旁，自己被火車軋死了。那是一個英雄模範輩出的時代，記得老師給我們佈置作業，寫學習周雲成的思想彙報，好像他犧牲的那年才十八九歲。但過了些年，他就被徹底地忘記了。當我今天想寫火車的故事時，才模模糊糊地想起了他。還有一個更早的，叫戴碧蓉的小姑娘，也是因為從火車下面救人，自己失去了左臂左腿。一九九七年我在長沙唱酒吧，在收音機裏偶然聽到她的訪談，那時她已經四十多歲了，好像是一個普通的工廠工人。失去左臂左腿，給她一生帶來很多痛苦和不便。

最後我們再來說說詩人海子。他於一九八九年三月二十六日選擇用火車結束自己的生命，離現在已經整整二十年了。他如果還活著，估計已經成了詩壇的名宿，開始發福、酗酒、婚變，估計還會去寫電視劇。站在喧囂浮躁的九十年代的門口，海子說，要不我就不進去了，你們自己玩吧。他派遣他那本《海子詩全編》——一本大精裝，又厚又硬的詩歌集——踽踽獨行地走過九十年代，走過千禧年，一個書店一個書店、一個書房一個書房、一個書桌一個書桌地走進新世紀。

於昆明，二〇〇九年二月二十七日

自由簡歷

中國人的自由，從莊子的手中起飛，具體地說就是他那篇〈逍遙遊〉。在幽冥一樣的北海中，那條叫做鯤的大魚，化成鵬鳥，展翅飛向南海。據估算，牠的飛行軌跡應在大氣層之外的太空中。

自由是無目的性，就像這隻大鵬鳥，牠為什麼要不遠萬里地飛向南海，不是度假也不是尋仇，所以別的小蟲小鳥都嘲笑牠。跟莊子處於同時代的屈原，他的詩也是上天入地、日月星辰的，可由於愛國主義和狹隘的民族主義，他的天地雖大，卻如鑽入牛角尖，強烈的目的性，會捆住自由的翅膀。

自由是要克服重力，要離開大地，就要克服地心的引力。大鵬鳥其翼若垂天之雲，牠飛行的力量激起三千里的波濤和水擊三千九萬里的風，而牠的起因只是三個字，「怒而飛」，所以說，沒有免費的午餐，也沒有唾手可得的自由，自由要人的力量去爭取。它不等於懶散和惰性。在比莊子早幾百年的古希臘神話裏，有這樣的故事：日神阿波羅的兒子，借他父親的太陽車去周天遨遊，可由於他是凡人，無法駕馭噴著烈火的天馬，結果一頭栽向大地，車毀日亡。天性自由的古希臘人認識到，通向自由的道路也是一條危機四伏的道路。

莊子其後六百年，他的學說終於被世人身體力行，並染上了鮮血。那是個人們一邊抓著蝨子，一邊談著形而上哲學的年代，那是個在葬禮上賓客一起學驢叫的年代。晉人嵇康，崇尚老莊，蔑視禮法，嵇康是又帥、又才大如海、又有真性情的奇男子，「嵇叔夜之為人，岩岩若孤松之獨立；其醉也，巍峨若玉山之將崩」。

嵇康是最早的實驗噪音音樂家和行為藝術家，他經常裸體在樹下掄著大錘打鐵；嵇康是最初的無政府主義者，他輕蔑像蜘蛛一樣陰毒的司馬昭，結果被殺。嵇康在刑場上，不喊口號，不作講演，他彈了一曲〈廣陵散〉，然後引頸就戮。千載之下，令人神往。

殺嵇康的理由之一是他破壞綱常，「坐以違反名教之大罪殺之」；在西方，黑暗的中世紀即將拉開大幕，人們以上帝的名義燒死無數異教分子，中國也漸漸進入了大一統時代，「存天理，滅人欲」。自由的人變成了體制外的人，邊緣的人。但自由之光從來未曾泯滅。孔子說，己所不欲，勿施於人。耶穌說，你希望別人怎樣對你，你就要怎樣對待別人。

結論是，不能繞過「人」。無論是以上帝的，還是以天理的名義，繞過或者踐踏了具體的人，都是愚昧和野蠻的。

過了一千年，歐洲開始文藝復興，他們在古希臘、羅馬的文化中尋求前行的路標。希臘人說：人是萬物的尺度。人終於從上帝的陰影中被拉到了陽光下。而中國卻少有像嵇康那樣敢為自由而流血的人。老莊哲學成為了體制內失敗者的心靈收容所，隱士們心不在焉地釣著魚，等待著周文王的禮賢下士。但

也偶有自由心靈的閃現，如北宋的柳永，「忍把浮名，換了淺斟低唱」，蘇東坡，「小舟從此逝，江海寄餘生」，明朝的思想家李贄，才子徐文長，清朝的生活家李漁。進入十八世紀，美國出現了一個梭羅，他隱居在瓦爾登湖，自己蓋房子，自己種糧食，他像我們中國的陶淵明，但比後者更有終極關懷。他先知一樣預言了現代文明所要面臨的困境，比如人們將禽獸不如地為了自己居住的房子勞其一生，人們將越來越遠離體力勞動，疏遠自然界。而中國的那隻大鵬鳥，也飛到了一九一九年，牠的兩隻翅膀分別是科學和民主。一代人，豪情萬丈，一飛沖天。但牠最終只是一隻小小鳥，生活的壓力和生命的尊嚴壓著牠超低空飛行了幾十年，然後，吧唧，落到了一個人身上，這個人就是王小波。

王小波說，在我們這裏，智慧被超越，變成了「曖昧不清」；性愛被超越，變成了「思無邪」；有趣被超越之後，就會變成莊嚴滯重。

王小波不是阿波羅衝動的兒子，他有歐美的科學理性，又有中國大鵬鳥的輕盈不羈，他反對東方文明中的自我陶醉、借酒遮臉裝神弄鬼，可他很多小說的原始素材都來自唐傳奇，李靖、虯髯客、紅拂、無雙，那些明亮、豐滿的人，在他筆下唐朝一樣的有生機，有趣味。

他活在中國的體制外，但植根於本土，靠寫小說為生；他的精神赤條條來去無牽掛，沒有神聖宗教這個大靠山，沒有國學、新儒家的遮陽傘，他讓我們看到，一個人也可以只依賴藝術、理性、智慧和現世短暫的生命，來頂天立地地生活。可惜他的生命像自由一樣的易碎。

自由的精神是不斷地懷疑，不斷地轉向，不在乎粉碎一切，寧願一切來粉碎我，它屬於個人的心

靈，不屬於外在的成敗，如魚飲水，冷暖自知。心靈的自由高於國王的寶座。

最後還是莊子的話：取光照物的薪火會燃盡，但火種卻傳續下來，永遠不會熄滅。

於杭州，二〇〇九年九月十五日

《中國孩子》東南巡演

濟南，一塊靶子肉。古舊而油膩。我在臺上演出，臺下人聲嘈雜，玩色子，劃拳，這真是我修煉定力的好機會。因為濟南的演出免門票，所以什麼心態的人都有。但如果門票太貴，那些想看演出又沒錢的人咋辦？白酒紅酒不可兼得。剛唱了七八首歌，就覺得有點虛脫，這樣的演出不過是聲音與聲音的摩擦，沒有快樂。

南京酒吧要求必須在九點鐘前結束演出，因為九點鐘要上客人了，這種要求我覺得隱含著某種歧視，潛臺詞是你長得醜不要緊，但你出來嚇唬人，可不行。對於南京我只是路過，去了雞鳴寺，裏面有個素齋館，喝了一碗綠豆銀耳湯，窗外是古城牆，牆外是玄武湖。小雅趴在桌子上抽空做了一個夢，夢裏有個聲音告訴她：「自修學中了菩提。」出了寺廟，我們沿著臺城走，我想起了梁武帝，他當了五十年的皇帝，一生篤信佛教，到了八十多歲被叛軍活活困死在臺城，應該說是餓死在臺城。

他太幸福了，當了五十年的太平天子，結果還是很無常。耶穌說，讓財主進天堂，比駱駝穿過針眼還難。南京是經典的亡國之都，短命的六朝，繡花枕頭般的南唐，明朝的建文帝，晚清的太平天國，以及中華民國。蔣介石太不懂中國歷史。主要因為南京處於江河的下游，中國向來成事於西北，偏安在東南。

晚上去了夫子廟，偶然撞進了烏衣巷，烏衣巷口夕陽斜。謝安是淝水之戰的總指揮，前方激戰正酣，他卻優哉遊哉地和朋友下棋，棋還沒下完，前線傳來捷報。謝安只匆匆瞥了一眼，朋友問有什麼事，他繼續埋頭下棋，隨口不屑地說，小孩子在前面打了勝仗。等朋友走了，他抑制不住狂喜撒丫子跑進後宅，過門檻的時候，把鞋都絆掉了，也不講風度了，因為他以為旁邊沒有媒體了，只會把自己羽扇綸巾談笑間的高大形象載入歷史，沒想到歷史把他得意忘形的隱私也拍了下來。

九華山為地藏菩薩的道場，前一陣去皮村，聽吳俊德講地藏菩薩曾經是韓國古代的王子，拋卻榮華到了中國的九華山，開闢了一方淨土。到山後，果然發現了很多韓文指示牌，韓國人不會把九華山也當作本國的文化遺產，向聯合國申報吧？我們在九華山的後山，遇見了最大的善緣，一個老師太，帶著她的年輕的弟子，住在一間非常幽靜的小精舍裏。我們在那兒住了下來，晚上伴隨泉水的叮咚聲入夢，黎明被鳥鳴、誦經聲喚醒。我白天坐在廟門口，練琴，或者出神，你能看見時間，像山中的雲霧一樣在腳下飄過。時間不再運載故事和事件，它清澈見底，猶如虛度，能如此虛度一生，該多幸福。

離開九華山到了上海，彷彿從一個夢進入了另一個夢。繁華而顯得不真實。我們住在YOYO家，演出現場氣氛融洽。那麼多人和我一起唱：

買了一套房子
不要做克拉瑪依的孩子
大雨嘩嘩下

真是讓我有些誠惶誠恐了。

下一站是無錫，太湖水臭了，人們說為什麼不唱：不要做無錫人的孩子。如此下去我不成了計劃生育宣傳員了？聽說阿炳的很多錢被一個老道騙走了。無錫街上的人有些冷漠，人們聚在一起總是在說水呀水。演出的場所是個存放蠶絲的古老倉庫，我唱歌的時候，還有兩隻蝙蝠在我頭上盤旋了一陣。牠們應該沒買門票。無錫的觀眾成分很複雜，有朋友來捧場的，還有老人和孩子，當然以往這種演出很少，臺上臺下如狗咬刺蝟兩下怕。

最後一站是杭州。我們一路尋覓，想品嘗一下江南小吃，結果最終還是吃了一碗雞蛋麵。不過在小飯館旁邊的市場裏，我們邂逅了一隊即將上刑場的青蛙。青蛙頭挨著頭，屈辱地在網兜裏擠作一團。小雅同學動了惻隱之心，花了五十元，為牠們贖了身。我們提著一口袋青蛙，到了西湖邊，找了一個荷花池，為青蛙們念了經，然後將其就地遣散。晚上，我們租了一條船，從斷橋到楊公渡，船過孤山，我想去看看蘇小小墓，還有我所敬仰的秋瑾，或許還有張煌言、于謙。但天太晚了，只能等下次了。我問船

夫，西湖會不會結冰，他說，只有一九七六年凍過冰。那年中國的開國領袖紛紛離世，杭州氣溫降至零下十一度，西湖結冰，可以走人。你說這天人感應，還真不信不行。杭州的第一位市長要算是白居易。他在任上的時候，凡是犯輕罪的人，只要在西湖邊種下幾棵樹就算將功補過了。

於宋莊，二〇〇七年六月

東邊民謠西邊瘋，彼此永隔一江水

回京後，饑渴地看了兩場演出。

三月十四日，紀念王洛賓，歌聲讓我迷了路；三月十五日，北京首屆先鋒音樂節，歌聲讓我感了冒。本來我對紀念王洛賓已無多少激情了，但出場名單上有幾人吸引我，想去看看。詩人俞心焦、大仙，還有張廣天等等，平常很少見的有趣的人。演出的場子在通縣的宋莊，遼闊的演出大廳，顯得人是那樣的小。屋裏很冷，如在酷暑是個避暑的好地方，但現在無此需要，只是顫慄，俗稱哆嗦。演出前是黨政軍領導講話。主持人說，請演員都坐好了，聽著有點彆扭，稱歌手是否更順耳，大家可以討論。

每人兩首歌，一個王洛賓一個自己的。第一個上場的李靜禪唱得很舒展，是「五朵梅」當年唱過的歌。然後依次登場，中間大仙還浪了詩，其中有句：牛逼牛成了肥牛，博得滿堂彩。

小娟也來了，她唱了〈一江水〉，唱得很投入，流了淚。接著是〈我的家〉，先苦後甜。旁邊的姑娘喊著要聽〈紅雪蓮〉，小娟沒唱，太冷了，別把人小娟凍壞了。還真把這兒當天山了，我們娟迷們不答應。周雲蓬也唱了〈一江水〉，他說他唱的是另一條江水，估計是黑龍江。因我越來越冷，只能中途退場了。我回家吃點感冒藥，準備第二天繼續。

一部分人先瘋了。

到了D22酒吧，演出已經開始了，這一點還是很先鋒的，因為大多地下演出都不準時。第一個是噪音，挺猛的。當晚我最喜歡歡慶，他採了木炭燃燒的聲音，還有街上小孩子說話，可能是方言，還有大理蒼山的風聲。音樂是空靈、內斂的，彷彿雲南的陽光搖曳著照進湖水，有天然的韻律。聲音一粒粒地在音樂裏如魚飲水。歡慶是我一直很敬佩的音樂人，他一直堅持在雲南的山水中採風，是個名副其實的傳歌人。

還有一個樂隊，一個小姑娘做主唱，一上臺就尖叫，尖叫的火星兒一下子點燃了全場，臺上臺下狂叫不止。估計外面人以為出大事了呢。不過很有創意，喊了二十多分鐘，如果觀眾要返場，那咋辦？我替她的身體擔心。

後面還有來自深圳的葉爾波利，他是哈薩克族人，冬不拉狂放自由，最受觀眾歡迎。可能前面的音樂太抽象了，來個具體的，人們耳朵為之一醒。旁邊睡覺的人也醒了。最後是主辦人李鐵橋的「聲東擊

西」樂隊，很炫技，很專業，沒白去歐洲。

我感覺，先鋒不是先瘋了，而是先醒了，雖然，兩者在表面看差不多，但還是有區別的。其實人們在試圖把音樂重新解構成聲音，破除現有的審美模式，但有破有立才是善道。我喜歡歡慶的先鋒來得有底氣。有些人，故弄玄虛，假神秘，假前衛，除了破壞毫無建設，好像農民起義，以折磨他人的耳朵為己任，以摧殘別人的神經為天職。不過也沒讓你天天聽，偶爾來一回，也很爽。

估計全北京只有兩人兩場演出都看了。一個是我，另一個是「口袋音樂」的佟研，因為是我邀請她去的。

好了，有啥好玩的事情再向大家彙報。

於雍和宮，二〇〇八年三月十八日

背朝大海秋葉飄零

到處都是奧運期間不能如何如何，大海不准是藍的，因為藍色象徵著憂鬱。我在青島演出，一個姑娘尖叫，我以為本人歌聲有如此殺傷力，等我一曲唱罷，她還叫，我才知道她喝多了。能尖叫多幸福啊，旁若無人。旁邊那個男人太不夠意思了，他說，我不認識她。第二天姑娘來向我道歉，很文靜沉默

的人，我想提醒她千萬別嫁給那個人。繼續尖叫，沒問題。

回到北京，空氣緊張，公共汽車上，售票員要檢查一個遊客的包，雙方爭吵起來。冷漠戒備、敵意、行色匆匆、離我遠。

聽說，奧運開幕式上小姑娘唱歌對口型，因為她形象好。我覺得，這會傷害兩個孩子，那個不能上臺的孩子會想，我長得不好就只能在幕後唱。大人總是在一本正經地傷害孩子。孩子哪有長得好不好的區別，所有天真的孩子都是美麗的。**中國，孩子一出生就必須露出疲倦的笑容**。

奧運主題歌像華麗的搖籃曲，像一首輓歌，奧運會可以加上睡覺這個項目，看誰能睡得最長。應該讓崔健唱主題歌，會有些生氣。或者夢回唐朝，太陽，飛翔鳥。早晨，躺在雍和宮後的家裏，聞到了秋天的味道。又要搬家了。能不能不嘲諷了，直接說不好或者好，不旁敲側擊了，喝茶睡覺，曬太陽，一天不說話。能。北京，天空之城。

於雍和宮，二〇〇八年八月十四日

塞上牛羊空許約

喬峰的陽剛性和悲劇英雄命，都是給金庸活活逼出來的。他是頂級高手，就算看不破阿朱姑娘女扮

男裝，也應能感覺到她身上沒有武功，況且小姑娘還對他說了句話。

如果說，他見了仇人衝動得忘記了自己的洞察力，那他還在江湖混個啥？

這是金庸為了他的悲劇感，故意虐待筆下的人物，讓喬峰片刻智商轉低，沒頭腦不高興，親手打死了自己的姑娘。

不好的作家都有當領導的毛病，喜歡奴役別人。

喬峰一定很生氣，恨不得從書裏探出手，給金老頭一降龍十八掌，之一。

其實，喬峰苦苦尋找的帶頭老大，就是金庸。

上千頁的大厚書，找啊找。可是，金庸在書外呢。結果，到了最後幾頁還找不到，他就憤然自殺了。如果再等幾頁，等到書結束，他就會在後記裏和金老頭狹路相逢。那時候大吼一聲：我讓你寫！有金庸好瞧的。

於石佛營，二〇〇九年三月七日

浮花浪蕊胡蘭成

剛看完全本《今生今世》，感覺胡蘭成的文字可以說是花團錦簇，但缺少風骨，所以淪為花拳繡

腿。我說的風骨，可以解釋為一種傲氣，而胡的恃才傲物多流於表皮，骨子裏是一個滑不留手的白相人。永遠有理，永遠能苟活，所有的慘痛最後都能「亦是好的」。人心和才氣是水乳交融的，在他春花爛漫的文字根裏，是矯情和偽飾。所有他經歷的女子，都是供把玩的，所有的政治風雲人物，都是供意淫的。用他的話講，是「鬥過汪精衛」，給毛澤東上書，到了日本，給蔣介石上書，垂垂老矣，還給鄧小平上書，一副想當國師的樣子，我覺得中國文化的糟粕在他身上體現無遺，永遠能找到退路，在政治上，他也就是陳琳之流，替權貴捉刀弄筆，一心盼著第三次世界大戰的到來，把日本當作了他的臥龍岡。中國文化中，古有蘇軾，近有郁達夫，也是愛論國事愛美人，較之胡蘭成，他們對於政治對於女人，都有見性情見性命的付出，所以他們的文字是直見性命的，而胡蘭成不是這樣。

二〇〇九年五月二十四日

趕海地圖

今晨，第二次去海邊。路上只問了一個人，比昨天進步了。

昨天一條角度刁鑽的岔路，被我忽略了，所以小小地迷了一陣路。人行道旁，有一個按鈕，一按就會有語音提示：現在是綠燈，請迅速通過。過了馬路，找到盲道，走一百八十四步，就到了海邊。

昨晚，下了一夜的暴雨，海邊人很少，我對著大海唱了一課經。

中國的海神就是龍王吧，龍王不像人家希臘的海神那麼有地位。哪吒、孫悟空不高興了，都可以把他打一頓。也許我們中國古代人對大海是不太感冒的。推而廣之，我們對無限的、不可知的都不太有興趣，放進天地這個大冰箱，存而不論。

這條到海邊的路，我已經爛熟於心了，甚至可以繪製一幅盲人地圖，彎彎角角，風向濕度，電線杆垃圾箱，上下臺階，都標注出來。然後把它刻在我的床板上，後世有緣人，來住於此，掌握了我的趕海地圖，摸著就可以走到海邊。

失明者，走路並且到達目的地，是一種莫大的刺激和快樂。

於青島，二〇〇九年六月二十日

金沙灘蛇貓風雲會

為何不是「龍虎」呢？因為第一天，有個綠蛇樂隊，第二天有個「抗貓」。黃島的金沙灘，開闊得讓人惆悵。我第一天，很早趕到現場，還聽到了主持人的開場搖滾致辭，我就直奔海邊。下午的演出都是重型的，哇哇哇的，不過在海邊聽起來，就彷彿小貓打呼嚕。這個柔和龐大的海浪聲，消解了一切。

五六點鐘，「十三月」的民謠開始上場，川子、馬條還有山人，我在沙灘上睡了個黃昏覺，終於被凍醒。太陽一下山，海風就特別犀利。去「自由古巴」純子、老張「切・格瓦拉」的大旗下找酒喝，旁邊還有一杆大旗是煙臺躁動社的，遇到音樂火爆處，兩杆大旗交叉揮舞。最後是謝天笑，我沒看到砸琴，去跟朋友吃夜宵了。

黃島的居民多為東北移民，走在路上感覺像回到了瀋陽。劉二有幸在黃島吃飯，被東北小哥痛宰，兩碗炒麵、一串烤魷魚九十塊錢。劉二問，咋那麼貴呀？人家說，炒麵裏面有肉啊。

第二天，我六點多到演出現場，趕上湖南的浮砂演出，我在湖南演出時他曾做過我的演出嘉賓，他的表演有點像湖南的儺戲，鬼氣森森。我坐在海邊，感覺有點像坐在荒島上聽食人族在祭祀。後面是劉二、秀場寡頭。劉二有首歌是獻給音樂節的，說自己演出費低，然後說，誰讓咱不是教父呢。秀場寡頭的音樂讓我想起當年迷笛有個叫暗夜公爵的樂隊，也是那種陰森華麗型的，就像當年看的愛倫・坡的小說，有個掛滿天鵝絨的華麗的房間裏，總是有鬼魂出沒。在我前面是個年輕的龐克樂隊，他們唱了很多歌，最後還集體和觀眾合影，最最後，還邀請了爸爸媽媽上臺合影。

我本來的演出時間是八點，上臺時已經是十一點多了，上臺之前，我發現手機丟在沙灘上了，這時正逢潮水上漲，海水茫茫，找之不易。那我也不能白丟啊。演出前，我說手機丟了，如果我的朋友收到我的短信借錢，千萬別上當。唱歌的時候下起了小雨，對著大海唱歌，心情格外舒暢。最後一首，我翻唱了〈大海啊故鄉〉。

我對這次沙灘音樂節的評價：環境可以打九十分。樂隊表現也可以打八十分。惟一稍欠缺的是媒體宣傳力度不夠，不如張北音樂節那麼鋪天蓋地。其實更多的人應該來海灘上聽音樂，可以左耳朵聽海，右耳朵聽歌唱。

下面捎帶彙報下，我在煙臺演出，網友後秦子曰捐獻了三台收音機，我已經交到了煙臺三個盲童陶易偉、劉冬冬和陳俊超的手中，我還從「紅色推土機」的基金裏支出了三百元，買了一台瑞德閱讀機，送給十三歲的陳俊超。他家境困難，喜歡閱讀。

奇蹟在最後發生了，十四日我在西湖邊吹晚風的時候，青島來電，說手機找到了。但不知從哪兒找到的，不知是誰找到的。感謝大海。

魯豫有約之民謠方陣過來了

走在前面的是小河與周雲蓬方陣，走在後面壓隊的是小娟和山谷裏的居民，及鐘立風與博爾赫斯樂隊。

十月十日，我們四撥民謠人參加了魯豫有約的錄製。之前，歌手劉二因為自己上不了，妒火攻心，喪心病狂地在豆瓣上發帖子，詆毀這次活動，把我喝醉後的話添油加醋，虛構了一大篇，結果還成了豆瓣的熱帖，招致了許多不明真相的群眾的圍觀。

可是，也恰恰因為此帖，當天來錄製現場的人很多，舞臺旁地板上都坐滿了人。

我和小河先上場，魯豫沒有像謠傳的那樣問我們小時候數學怎樣，而是直接進入正題：小河講他來北京前參軍的故事，在軍營裏寫過反戰歌曲，魯豫問能唱唱嗎？小河說忘了，歌詞大概說，我們雖然參軍，但是我們反對戰爭，反對在吃飯前集體唱歌。

小河還講了他剛到北京當保安，因為在宿舍裏苦練吉他，被人嘲笑，大怒暴起，手揮二十斤自行車鐵鎖砸向對方，結果被人打了一頓。魯豫驚詫問，你這麼高，怎麼反被人打了？小河說，對方一米九。

小河繼續講，自己剛去酒吧應聘，那時在酒吧駐唱的鐘立風或者萬曉利，拍著他肩膀，語重心長地說：好好幹，來酒吧的姑娘多的是。小河繼續講，他父母最大的希望就是看他上春晚，這次上魯豫的節目也夠可以的了。魯豫問，只要上電視他們都會高興嗎？小河回答，除了「法制進行時」以外。周雲蓬也說了一些，此處概不贅述。小河現場唱了〈那不是我的名字〉、〈不會說話的愛情〉。周唱了〈盲人影院〉、〈懸棺〉和〈遊子吟〉，最後的歌獻給他們的媽媽。

下面是「小娟和山谷裏的居民」上場了，先一口氣唱了三首歌：〈兩個人〉、〈山谷裏的居民〉、〈紅布綠花朵〉。山谷裏的他們是一個共產主義小團體，小娟說小強是全世界最好的人，小強說小娟是全地球最好的人，樂手小光說小娟是最純真本真的人，小娟說鼓手荒井是最和善友愛最會照顧人的人。小娟講同小強當年在圓明園，除掉房租一個月生活費五十元，魯豫驚詫不信，小娟詳述：一塊錢買五個饅頭，再買上白糖紅糖還有蒜蓉辣醬，有時候吃白糖饅頭，有時候吃紅糖饅頭，改善了就吃蒜蓉饅頭。

說得大家直流口水和眼淚。最後大家得出結論：他們是一群純粹的人，高尚的人，脫離低級趣味的人。

最後上場的是鐘立風與博爾赫斯樂隊。小鐘上來就宣稱自己永遠是如風少年郎，不知這個「郎」是哪個「狼」？小鐘講了他剛到北京在唱片公司上班，工作是接待來應聘的歌手，有一天，一個歌手背著吉他來試唱，唱得還不錯，問名字叫萬曉利。後來他們混熟了，曉利問小鐘，我能簽約嗎？答曰：我簽約還沒信兒呢。

小鐘講自己有首歌叫〈不要讓我陪你過夜〉，那原來是在酒吧裏，遇到一個女高中生，對小鐘說，今天我父母出差了，你跟我回家吧。魯豫大驚詫：還上高中呢？小鐘忙解釋：我想她是讓我去保護她。看看，比小娟還純真。最後小鐘唱了〈雕刻時光〉，結束了這次錄製現場演出。

情感故事太多了，也會讓人缺氧。從十二點一直到下午四點半，有點累，魯豫也真辛苦。我都聽累了，特別想出去呼吸一口世俗的空氣。感謝那天來現場的朋友，感謝劉二陰差陽錯的宣傳造勢，還有現場所有的人。

一夜書一段歌一里路

十月二十三日從北京起程，這是一次不短的旅行演出，要去河南、江蘇以及上海，半個月之內演四場，捎帶著看一看周邊的城市。所以我帶了兩個閱讀機，裏面裝了好幾百本書，在夜晚的火車上、在候車室、在旅店裏，聽書，填補空白的時間。

火車進入河南境內，正看到龍應台的《大江大海一九四九》，寫一九四九年南陽的一個學校，幾千名初中生集體在戰火紛飛中南遷，一路流離失所，到了廣西邊境，只剩下幾百名學生。快到鞏義的時候，龍的書裏也正講到當年的鞏縣。到開封的時候，尋找閱讀機裏的《東京夢華錄》，開封的老城牆上，彈痕累累，有些裝軍火的老石頭屋子，裏面的牆壁被薰得黑漆漆的，也許經歷過某次爆炸。在城牆的一個缺口，地上還留著一攤發黑的血跡，血跡一路通到另一端的小樹叢。

開封有一種醃菜混著夯土的味道，從東大寺一直到觀音閣，一路走來，有清真寺，老的天主教堂，猶太人曾居住過的教經胡同，香火很旺的觀音閣，方圓咫尺間，世界四大宗教都全了。州橋夜市曾經是北宋東京的王府井，我在某個夢裏夢見過那個地方。走在那條街上，那種腳步的回聲包括街旁的店鋪，

還有不陰不晴的天氣，總之所有的感覺都和夢裏一樣。我一邊走一邊疑惑，到了街頭，一看牌子，是州橋街。大概我在宋朝的時候就喜歡往首都跑。

到了江陰，逛忠義街，聽詩人龐培講當年這條街的掌故，那麼新的一個現代化的小城裏，殘存的一條老街，彷彿是名牌西裝上的舊補丁。街道的盡頭住著一個老婆婆，曾經和一個舊家公子有一段舊式的終身不渝的婚姻，「文革」時她的丈夫被遊街批鬥，她就跟在丈夫身邊，替她丈夫站到凳子上，掛著牌子，被周圍的人嘲笑。後來公子去世了，老婆婆撿垃圾為生，全江陰的人都知道她，等她老了，人們想請她從堆滿垃圾的屋子裏搬出，可她喜歡聞垃圾的味道，不願意搬到那曾經批鬥過她的清潔的人們的中間。這時又想起龍應台的媽媽，離開浙江的古鎮淳安，回頭看一看城門和獅子，以為很快能回來，可是那裏後來成了千島湖，她的家園沉入水底，那些島就是當年她的門前的一座座山頭。

到蘇州，在百花書局買了一本《書壇口述歷史》，講當年評彈藝人的生活，和我們這些唱民謠的簡直是如出一轍。有一個愛穿綠衣服紅夾裏的老先生，琴技高超，某場演出彈斷了一根弦，就用兩根弦接著唱，又斷了一根，三根只剩一根，他憑藉自己非凡的琴技彈奏到底。小河在某年的雕塑公園音樂節上，也曾經這麼做過。還有一個有趣的藝人，每次演出都要走路去，從中午走到晚上，一直走到演出現場。他有錢，但就是不願意坐車。到了現場直接上臺開唱，他說，一到就說，有風頭。我想那一下午的狂走，身上會吸收很多蘇州街頭巷陌的人間煙火，然後靜靜坐在臺上，把它們化成吳儂軟語的悲歡離合。

第一次去河南演出，現場來了一百三四十人，出乎我的意料。我還學了一句河南方言叫「地下走

（發音為『嗲走』）」，並把它編入〈散場曲〉：「沒有公共汽車了，嗲走回去的路還有很長。」我發現河南方言中的爆破式發音，很適合布魯斯音樂。酒吧的調音很專業，現場看演出的文藝青年們很熱情，我們的民謠市場就像八路軍的根據地一樣，正在不斷地、一片兒一片兒地壯大。在鄭州的火車站，抬頭忽然看見許巍和鄭鈞大幅的演出海報，到江陰後發現「縱貫線」也要在那兒開演唱會，這些大佬們看到我們這些土八路進軍中小城市，也坐不住了，要來跟我們分一杯羹。

到江陰是參加龐培、量子組織的民謠詩歌大聯歡，在當地文化館超豪華的大劇場裏演出，還有許多文化局和宣傳部的領導來觀摩。領導們並沒有先走，一直聽完，還是很滿意的。我想以後可以招呼同道，把民謠的魔爪伸向江陰要塞。

蘇州的演出現場，坐落在一個小弄堂裏的小樓房裏，一樓是廚房，二樓是工廠，三樓才是演出場地，符合生活規律：先吃飽了再生產，然後再唱歌。酒吧的組織者，全是當地的文藝青年和音樂愛好者，他們都是志願者，基本上是賠本賺吆喝。所以你會發現，聯繫演出的是個樂手，接待你的是個正在上學的大學生。我覺得蘇州那天的狀態格外的好，感覺把自己的身體都唱透明了。當年第一次來蘇州演出，門票賣了三十九張，這次將近七十張。

最後一站是上海，東方明珠旁的老船長酒店的頂樓。那天下了霧，霧中有輪船的汽笛聲，正好我在蘇州剛學會了呼麥，我就在露臺上，和著船的汽笛聲呼啊呼。有個杭州來的小姑娘說：周老師，是您在發出什麼聲音嗎？我的呼麥還很不成熟，不好意思承認，就說：是船的聲音。旁邊的人也為我作偽證：

是船的聲音。

臺上，一瓶上海老黃酒，兩個小時的演出，酒剛喝完。上海是個大碼頭，看演出的小朋友們一向很給面子，演出現場來了兩百三十多個人，據說還有些零星的人沒能進來。現場有個五歲的小朋友吳沛宏，聽後感由他媽媽轉述：「聽了〈買賣房子〉，可high了，一直笑滾在地上。然後就趴在那裏很認真地畫了個房子。他一直在那裏開心地跳舞。不過聽到〈中國孩子〉就受不了了。他從小就政治正確、熱愛北京熱愛中國的小心靈，不明白這是怎麼回事。也有個副作用，就是聽了〈錢、錢、錢〉之後，他深覺錢的重要，第二天把他的小豬儲蓄罐裏的硬幣全放到了口袋裏揣著。我問他要這些錢幹什麼呀，他說要存到明年用。」

我把自己能唱的歌掏心窩都唱了，有朋友勸我：你應該留一兩首，給人一些期待感。我想將來還會寫出更好的歌，咱們不能像奸商似的囤積居奇，給自己一些自信的機會吧。

組織上海演出的，也是一些愛看搖滾民謠演出的文藝青年，他們從早期聽歌的人，變成了主辦方。這是一個微妙的變化，正如崔健所說，什麼時候文化部長也愛聽這一類的歌，那時，好日子就到來了。

最後，一個歡樂的結尾。我們住進了上海有名的青年旅舍「明堂」，裏面是小橋流水，屋子裏全是假古董，住的老外特別多。可是一進屋子，我敏感的嗅覺就聞到了潮濕發黴的味道，被子也像小時候尿床未乾的樣子。我當即叫來服務員問：你聞聞，這屋子裏一股怪味，特難聞。服務員嗅了嗅，說：這是外國人的味道。我當時就暈倒在地，然後又站起來，我想對她說：中國人，已經站起來了。

二〇〇九年十一月十日

江湖夜雨十年燈

——關於新民謠的孩提時代

二○○○年，世界末日沒有到來，我住在樹村。那時不好意思跟人說，我是搞民謠的，在血氣方剛的搖滾鬥士中，民謠意味著軟弱、矯情、不痛不癢。

但也有一次例外，我和幾個金屬龐克朋友去五道口的橡樹酒吧看「野孩子」樂隊的現場，門票十元，還送一杯紮啤。第一次看他們的現場，真是牛，一曲連著一曲，好像被雨水沖刷過的綠色的火車，咯噔噔地從你身上開過去，又美好又有力。跟我一起的那幾個哥們都被鎮了，說在北京從來沒見過這樣好的現場。後來「野孩子」的主唱張佺、小索，開了「河」酒吧，各路潛伏於地下的牛鬼蛇神雲集響應，來看演出的八成都是歌手或者樂手，所以經常會發生這樣的事情：臺上一個人唱得剛剛性起，底下迫不及待地蹦上一個打手鼓的，接著手風琴上去了，冬不拉、曼陀林、薩克斯一擁而上，最後就變成了交響樂。

小河的〈飛的高的鳥不落在跑不快的牛的背上〉，還有萬曉利的〈走過來　走過去〉，還有王娟、馬木爾的「IZ」的第一張小樣都錄製於「河」，雖然不夠高保真，但那種充沛的激情、年輕的銳氣，是

後來在精確的錄音室裏所難以複製的。

二〇〇四年十月小索去世了，一場新世紀的另類「大爬梯」酒闌人散了。對於新民謠，「河」酒吧就是一次小當量的核聚變。我們在爆炸的陣痛中，逃往四面八方，逃向自己的土地，生根發芽稱王稱霸。

接過「河」酒吧衣缽的是開在亞運村的「無名高地」酒吧，空曠的場地，幽暗的燈光，老鼠在木質舞臺下蠢蠢欲動，蟑螂在桌子上爬來爬去。每週二三有民謠演出，免門票。據羅永浩回憶，他那時每週三必去「無名高地」看小河的演出，從海澱農大到亞運村風雨無阻；綠妖回憶，那時她作為著名「玉米」，有一次帶領眾多玉米看周雲蓬的演出，結果，我被排在第十八個上場，一直等到凌晨兩點；據「我來我征服」回憶，他們那時找房子，惟一的標準就是有沒有直達「無名高地」的公共汽車。

二〇〇七年，四月三十日，我在「無名高地」最後一次演出，不久的將來，它和「河」酒吧一樣因虧空而關門。我帶了剛剛出廠的《中國孩子》唱片，我說，這是我自己做的，剛剛出爐，還熱乎呢，誰買呀？當晚，賣了十八張，大賣呀，高興得不得了。

新民謠正在長大。二〇〇五年小河在「798」策劃了一場民謠音樂會，第一次冠名為新民謠，區分於當年的校園民謠。二〇〇六年，張曉舟在深圳體育館組織「重返大地——二〇〇六中國民謠音樂周」。二〇〇七年，「迷笛」音樂節設立民謠舞臺，人氣和主舞臺不相上下。同年，萬曉利獲得華語音樂傳媒大獎「最佳民謠藝人獎」，打破了港臺藝人對此獎項的壟斷。

有些人走向更大的舞臺，有些人走向更深遠的土地和內心。

「野孩子」主唱張佺，定居在雲南，他把自己的音樂簡約成一把冬不拉和一個口琴，彷彿高手練劍，一花一草皆為利器。

小河鋪排開他的筆記本電腦，還有五花八門的效果器，他體內洶湧碰撞的多道真氣，終於找到了宣洩的河床，他的一個人的交響樂，繁複成張佺的另一個極端。

蘇陽離開了金屬風格的「透明樂隊」，他加入了一個秦腔劇團，到鄉下的廟會上去演出。他去固原，找唱歌的回民老馬，學習唱〈鳳凰〉。

王娟厭倦了自己清純女生的角色，和電子音樂家虎子，共同錄製了《兩個人的旅行》。

小娟和她溫馨的小團隊，不再滿足於月亮度假村的駐唱生活，頻頻參加原創現場，以她天籟般的聲音，迅速崛起。

李志把〈梵谷先生〉傳到網上，不憑藉主流媒體的追捧，一個人單槍匹馬，一路殺出，打下了新民謠人氣王的家天下。

新民謠的興起，並非是小貧乍富，它更像是螞蟻搬家，一點一滴日久見人心。它得力於網路的自由傳播，人們對於宣洩自己心理訴求的渴望，以及平易近人的現場音樂的回歸，彷彿多年前的天橋撂地、梨園捧角兒。

只看二〇〇九年的演出紀錄，風頭正勁的第一梯隊張佺、曉利、蘇陽、李志的巡演路線覆蓋全國，

許多人的巡演日程安排到了十二月三十一日；而新銳部隊白水、五條人、劉二也當仁不讓，南北穿插，常有在同一個城市兩場民謠演出撞車的尷尬局面；還有小河歐洲三十場演出，美國二十多場演出。小娟在臺灣地區、趙老大和馬木爾在香港，可謂遍地開花。

二〇〇九年，為幫助貧困盲童籌款的民謠唱片《紅色推土機》首印三千張，已全部賣完，感謝這些民謠藝人無償的錄製，已有十九個盲童於此項目中受益。我們準備再製作三千張唱片，是《紅色推土機》的升級版，新加選了杭蓋樂隊和宋雨喆的新歌。

十年磨一劍，不為傷人，只為自由誠實地歌唱。回望來時路，「河」酒吧、「野孩子」、小索的早逝，時間讓我們變老，而那些歌卻被淬煉如新。但願我們這群人，能有福活到白頭，有福像《樂士浮生路》中那些哈瓦那的老頭老太太一樣，唱到生命的終點，對著死亡開心地張開我們一望無牙的嘴。

二〇〇九年十二月十二日

命運中的上海

我常提起自己視覺中的最後印象是在上海動物園，看大象吹口琴。可有時又覺得恍惚不對。大象如何能吹口琴？不合比例，技術難度太大了。

我的確是在上海失明的，這也是上天對我的照顧，讓我看了一眼，那年代中國最絢麗的城市。霓虹燈、各種顏色的小轎車、夜航船上的奇幻的燈語。

我還平生第一次見到了活的外國人。記得，媽媽帶我去看國際飯店，當時應該是上海最高的大樓了。我仰著脖子數樓層，一個外國姑娘，走出大門，她彷彿一隻彩色斑斕的大鳥，好像還背著照相機，我毫不掩飾地盯著她看，跟看見大象吹口琴一樣。她注意到我，那時我還很小很可愛，就過來，摸了摸我的小臉蛋。

上中學的時候，我第一次上臺表演吉他彈奏，彈的是〈上海灘〉。那時，這個電視劇，播放的時候，真是個萬人空巷，歌曲也好聽。我很迷戀許文強和馮程程說話的聲音，很酷很嗲，過去聽的都是中央電臺廣播員殺氣騰騰的那種。後來我姊姊結婚生的兒子，就叫啥文強。

我在東北上大學的時候，學校裏，幾乎沒有上海同學。聽說上海人很戀家，並且認為出了上海就算是鄉下。但也有個光彩照人的女孩，學外語的，是文學社社長。她的籍貫跟北京上海都沾邊。所以，每次自我介紹，她會自豪的宣稱，我是個來自北京的上海女孩。只是這個介紹，就讓整個東北都感到自卑了。

一九九五年，我作為流浪歌手，第二次去上海。我已有一年的北京馬路唱歌的經驗了。來不及懷舊，去哪唱？當然選人最多的地方，南京路。

剛唱了一首，員警就來了，他語重心長地向我說明：南京路是上海的視窗，你在這唱歌，就等於坐在我們上海的窗臺上乞討，然後他一轉眼，看到了我裝錢的大紙箱子，驚呼，這麼大箱子，你太貪婪了。

二〇〇二年，我升級為酒吧歌手，第三次來上海。

在浦東的一個歌廳裏駐唱。深夜下班的時候，就開始了回家的漫漫路程。我住在虹橋，要從東方醫院乘隧三到火車站，再轉個什麼車到動物園，然後走上一段路回家。我住在一個小院子裏，房東是個資深的上海老太太。小院子裏，種滿了花，她退休前，在動物園當園丁。她經常為我的小屋子換上新鮮的玉蘭，說，這花香對身體好。

她好像沒什麼親戚，我們常常坐在院子裏聊天，她說起年輕的時候，每天睡在水泥地上很苦。說起她去世的媽媽，還會激動的哭起來，自言自語地嘮叨著，我想我媽媽了。

二〇〇七年，我帶著剛出版的《中國孩子》來上海，作專場演出。上海的孩子們太給面子了，那

時，唱片剛出一個月，可大家熟悉的像聽老歌一樣，演出現場竟然成了臺上臺下的大合唱，結束時我開玩笑，說到了上海，才感覺到自己快成周杰倫了。

二〇〇九年，上海九久圖書的編輯尹曉冬找到我，要出我的詩文集，當時也有一些別的出版社跟我談，可尹曉冬，憑藉一個上海女子的精明和強悍曉之以理動之以情，還經常請我吃大餐，最終這本鄉下人的書還是著落在了上海。

還有韓寒的《獨唱團》，我在上面發了〈綠皮火車〉。搭上韓寒的順風車，我也出了點小名。很多陌生人，見了我會介紹：老周我是看〈綠皮火車〉認識你的，聽說你還會唱歌？真是令人悲喜交加，我好像是個賣燒餅的，聽到人誇獎你的油條太好吃了一樣。

最後，再送給大家一個小料。話說我住在香山的時候，接到一上海姑娘的郵件，標題是周雲蓬我愛你。那時候，在山上，整天與荒墳古樹昏鴉為伴，對愛情就是一個字：渴望。我趕快回信，邀請她來香山，共商國事。等到春暖花開之際，姑娘翩翩而至。先請她到山下最好的飯店，吃飯，然後，邀請她漫步植物園，走啊走，姑娘只談人生，夢想，飯都快消化完了，剛談到哲學，我一想後面還有宗教呢？要正確引導一下輿論了，就暗示了幾句。沒反應，後來，我實在疲勞了，乾脆冒險吧猶猶豫豫地，想抱一下，胳膊還在半空中，就聽姑娘大喊一聲：你要幹什麼？我就崩潰了，多少天的嚮往和那傻瓜胳膊，瞬間成了稀里嘩啦的唐山大地震。後來她來信告之：你誤會了我們之間純潔的感情。這時候，我想起來，上海那個樂隊「頂樓馬戲團」的歌詞：你上海了我，你一笑而過。

我的爸爸

我的爸爸不是那誰誰，不然，我會大吼一聲，報出他的名字，保準把厄運嚇得一溜跟頭地跑到別人那裏去。

在鐵西區小五路的某間平房裏，我爸爸趴在炕頭哭，我媽媽趴在炕梢哭，我爬到爸爸那兒，他說，去你媽媽那兒，我爬到媽媽那兒，她說，到你爸爸那兒去。這個場景定格在我人生的開始，大概那天醫生確診了我患上了青光眼，有可能導致終生失明。後來，媽媽帶我千山萬水的治眼睛，爸爸在家裏上班加班，維持生計。我們經常會在異鄉的醫院裏，或者某鄉村旅館裏，接到來自瀋陽的爸爸的匯款，還有搜羅來的寶貴的全國糧票。藥沒少吃，路沒少走。最後回到家，眼睛的視力終於還是徹底消失了。

記得，爸爸第一次，跟我鄭重的談話。也彷彿是對著我的未來談話：兒子，爸爸媽媽盡力了，治病的錢摞起來，比你還高。長大了，別怨父母。我有點手足無措，想客氣兩句，又有點心酸。

我爸爸叫周叢吉，老家在遼寧營口大石橋。六〇年代，大饑荒時，跑到瀋陽，當工人。他是個挺聰明，挺有情趣的人。或許晚生幾十年，也能搞點藝術什麼的。

他愛養花，我們家門前，巴掌大的地方，他伺候了好多花花草草。七〇年代末，電視機像個飛碟似的，降臨在我們貧瘠的生活中。先是一家鄰居買了一台黑白電視，我們整個向陽大院的孩子們，都炸了窩，每日，流著口水，盯著人家的窗戶。接著，排著隊，幫他家劈劈柴，打煤坯。就為了晚上能搬上小板凳，去他家，看《大西洋底來的人》或者《加里森敢死隊》。這時我爸爸，閃亮登場了。他騎上自行車，到瀋陽的大西門，電子零件市場，買線路板，圖紙，埋頭鑽研，終於有一天，咣的一聲，我家的原子彈爆炸成功了。桌子上，那堆三極管二極體，亂七八糟的線路，亮出了雪花飛舞的畫面，穿西裝的念新聞的主持人，在雪花裏扭來扭去，我們家有電視了，九寸的，是我爸爸裝的，太驕傲了。

在工廠裏，他也是把好手，車鉗洗刨各種工種全能拿得起。後來，他被評定為八級工，大概相當於高級技術工人的職稱了。可是，我越來越不喜歡這樣的爸爸，以及工廠的雜訊冶煉廠的黑煙。那時，我開始讀泰戈爾了，什麼夏天的飛鳥，飛到我窗前。我們家門口，只有一個下水道，再向前是個臭垃圾箱，緊接著還是個下水道。爸爸每晚都要會見他的同事，講車床，鋼管，抽煙，喝酒，媽媽在外屋地（東北方言，對門廳兼廚房的稱呼），炒花生米，我們要等著他們吃完才能上桌。而且，像所有工人階級的爸爸一樣，讓全家人害怕他，是他人生價值的體現。比方我們在唱歌，這時他回來了，吆喝一聲，全家都灰溜溜的，屁都不敢放一個。

所以，每個人的叛逆，都是從反抗爸爸們開始的。

我很記恨他還打過我，有一次，我從外面回來，一下子，把蓋簾裏的剛包好的餃子踢翻了，我爸爸

上來就給了我一巴掌，我很委屈，因為眼睛看不清楚，就為了一點餃子。爸爸也很反對我讀書，有一回，媽媽帶我去書店，買了將近二十元的世界名著，回家後，爸爸很不高興，說花了這麼多錢，這個月，你的伙食費可快沒了。有時候，我會偷偷的設想，如果只有媽媽，生活裏沒有爸爸，那該多麼愉快。

不滿的情緒，和身量一樣在長大。戰爭終究無可迴避的爆發了。

在我十六歲的時候，那時候，我已經可以上桌喝酒了。一次，親戚來家，帶了一瓶西鳳酒，我喝得多了，躺在火炕上，內火外火交相輝映，和爸爸一言不合，吵了起來，他也有點醉了，拿起拖鞋，照我腦門上一頓痛打，用鞋底子打兒子，那是很有儀式感的老理兒呀。

我是新仇舊恨湧上心頭，加上酒勁兒，衝到外屋地，抄起菜刀，就往回衝，好幾個人，攔著，把我拖出門，據當事人跟我講，我一路喊著，我要殺了你，嗷嗷的，街坊鄰居都聽見了。真是大逆不道。後來，我爸爸問我媽，兒子怎麼這樣恨我，到底為了啥？

跟爸爸的戰爭，讓我成熟了，明白人長大了，就應該離開家，到世界裏去，討生活。能走多遠就走多遠。我去了天津，長春，一年回家一兩次。爸爸勸我努力當個按摩大夫，很保靠，風吹不著雨淋不著。我不以為然，尤其是他設計的，我偏不幹這行。這時，爸爸也達到了他一生的頂點，由於技術出眾，當了一個小工廠的副廠長。好像還承包了個專案，不過不久，就下來了。他經常唏噓，那時有人送紅包，不敢要，拿工廠當自己的事情去做，結果也沒落下好。

九四年，我大學畢業，爸爸去瀋陽火車站接我。從浪漫的校園裏，從光輝的名著裏，從對姑娘們的暗戀裏，我又回到了破敗的鐵西區，幾口人擁擠在一起的小平房。爸爸抱怨，當初不聽他的話，學文學，結果工作也找不到。於是，他帶著我去給校長送禮。這時，我看到他卑微的另一面，見了宛若知識份子的校長，點頭哈腰，大氣也不敢喘，把裝了一千元的信封和酒，強塞入人手裏，拉起我，誠惶誠恐的走了。回家，還念叨著，人是遼大畢業的。後來，中間人，告訴我們，沒戲。我爸爸畢竟是工人階級，有覺悟，一聽不好使，就去校長家，把錢要了回來。

對於家鄉的失望，讓我們越走越遠，然而，父母老了，他們只能在身後，踉蹌著嘮叨些盼望和祝福。BB機出來了，手機出來了，電腦出來了，他們無視這一切，還專注的天天看著電視，用座機，給遠方的兒子打長途電話，害怕電話費昂貴，又匆匆地掛斷。有一年，我在異鄉，接到了爸爸的一封來信，他很當真的，告訴我，知道我在寫文章，他想提供給我一個故事。說我們老家，山上本來有一大片果園，最近都被人砍了。故事完了，他問我，這件事能寫成一篇好文章嗎？

還有一次，爸爸來電話，說身體不好，讓我趕快回一趟。等我回家一看，他啥事也沒有。他神秘地告訴我，給我找了個媳婦，馬上要見面。原來，我家出租了一間房，給一個在澡堂裏工作的姑娘，不久前，她妹妹從老家來了，也想進澡堂上班。我爸就動了心，偏要撮合一下，那姑娘礙於住在我家，不好推辭，就說先見見面。這下，我爸當真了，千里迢迢，把我召回。

我說，我沒興趣，他就瞪眼了，那你還想找個大學生呀？怕他生氣，我只能答應見見，小姑娘，剛

從澡堂下班，就過來了，房間裏，就我們倆，她問我，在北京幹啥，我說，賣唱。她說，那有空去北京找你，那邊的澡堂子怎麼樣？我不知道，她具體想知道的是啥，就囫圇著說，大概水很熱。

我也是看過卡繆的人了，也是聽過涅槃（Nirvana）的人了，咋還落到這麼尷尬的境地。

這事情以後，我是發著狠逃離家鄉的，如果沒國境線攔著，我能一口氣跑到南極。

二〇〇〇年以後，爸爸有一次搬鋼板把腰扭了，於是，提前退休了。他脾氣不好，不願意去公園跟老頭老太太聊天下棋，天天悶在家裏，躺床上抽煙看電視。結果，得了腦血栓，一次，在外面摔倒了，周圍人不敢去扶，有人拿來個被子蓋在他身上，直到有鄰居告訴媽媽，才被抬回來。從此，他走路要扶著牆，小步小步的挪。每次，我和妹妹回家，要走的時候，他都得嗚嗚地哭一場。這讓我想起二十多年前的他，渾身充滿了生產力的鐵西區強悍的棒工人，拍著桌子，酒杯哐啷哐啷地響。他放出豪言：你們長大了，都得給我滾蛋，我誰也不想誰也不靠。

現如今，媽媽說，我們就拿他當作個小孩。耳朵有點聾，說話不清楚，顫顫巍巍地站在家門口，盼望著我和妹妹這兩個在外奔波的大人早點回家。

草莓風中吟唱　花田挑燈夜歌

四月三十日，北京沙塵蔽日，通州運河公園，草莓音樂節現場開唱。臺灣歌手林生祥，前些天，到紹興跟我劫後餘生地感歎，北京的沙塵暴，那真是塔克拉瑪幹啊。此日他又在北京演出，他真是跟沙塵暴結下了不解之緣。

等第三天下午，我上臺演出，沙子已經沉下去了，但風一樣很大。出門時忘了戴帽子，結果臺上高處不勝風，滿臉跑頭髮。當我唱〈九月〉的時候，「遠方的風比遠方更遠」，還真是，那時候你就感覺，從瀚海吹來了長風，比我手中的酒更助歌興。最後我還改編了一首歌，講文藝青年為買蘋果電腦當小偷的事兒，現場滿山谷的文藝青年都如遇知音，歡欣鼓舞。

參加音樂節，對我來說不是最累的。最累的是被合影。

「周老師，我能跟你合個影嗎？」

「等看完臺上的演出吧？」

「就一秒鐘。」

我只能再無奈地再就範一次。據身邊的朋友講述，我們坐在草坪上聽「杭蓋」時，無意中一回頭，

身後九個年輕人一字排開，無聲無息間已是畢業照的局面。

當月亮爬上天安門城樓的時候，風也靜了，胡德夫和他的鋼琴最後上場。這時旁邊的主舞臺和愛舞臺已經進入最後的瘋狂，鼓敲得震天響，吉他鬼哭神嚎。胡老師有時會側耳聽聽，但最終不為所動，鋼琴如海水，嗓音似巨鐘，營造了一個暫時的封閉的小世界。我非常喜歡他用台語唱的〈月琴〉，一掃原來漢語版的哀婉感傷，方言的頓挫、俏皮，給這首歌加入了許多新鮮血液，讓這首歌更瀟脫。當他最後唱〈美麗島〉的時候，現場的許多臺灣人都熱淚盈眶。這是一首具有正大光明氣場的歌曲，引用綠妖的評論：他就是我心目中的少林武當，力道純正，劍走中鋒。人格魅力在歌聲中展現無遺。

演出結束，馬上和朋友們飛奔出公園，幾萬人湧向大馬路，搶計程車、黑車、公共汽車。我們搶到了一輛黑面的，路上遇到一輛大公共汽車，裏面擠滿了歌迷，還有人大喊：老周！

等我們逃到城裏，坐上地鐵，竟然還有零星的歌迷過來說：老周，咱們合個影吧。簡直是天網恢恢，在劫難逃。

同樣是北京的郊區，五月十四日，我參加北京房山「花田音樂節」，從機場到現場，大約車行兩個小時。同去的臺灣詩人夏宇，驚歎這麼遠的路，都可以從臺北到台南了。但這還是北京。

一進後臺的帳篷，張瑋瑋和李志總算見了個新鮮臉，站起來熱情寒暄。得知他們是上午就到了，李志要等到晚上才演出。如問為啥不出去轉轉，像李志和瑋瑋這種民謠名人，在外面轉一圈，只能是被合影大軍追得落荒而逃。

夏宇是臺灣詩人，兼著名的歌詞創作者。像〈我很醜可是我很溫柔〉、〈痛並快樂著〉等都是她的手筆。向萬曉利和李志引介，李志說他特別喜歡她寫的〈荒〉。當夏宇邀請兩位民謠一哥唱一首時，兩位你推我讓，羞怯的宛如處男。夏宇轉頭問：他們平常也是這樣嗎？周圍人含笑不語。

其實這次的民謠陣容非常齊整，老的有老狼、沈慶，新的有李志，曉利，瑋瑋等。夜晚的舞臺更是重頭戲，夜舞臺，川子先上臺，演了四五首歌，氣氛火爆。物極必反，舞臺宣佈，由於設備出現故障，將無限推遲演出。過了二十分鐘，主舞臺連燈也熄了。可憐臺下，很多人坐在草地上，又冷又潮，等著看李志老狼。這時夏宇要回城，有個重要的約會。我們把她送到路口，已沒有回城的班車。只好叫了一輛黑車，夏宇低聲問我們：黑車很危險嗎？我們記下了那輛車的車牌號，告訴她，應該沒事的。最後擁抱了一下，她感歎：就像送一個十五歲的姑娘去約會。

夏宇這次來，主要看我的現場。據她說，我的〈不會說話的愛情〉治癒了她兩年的失戀後遺症。她曾經為擺脫這種痛苦，徒步走了一千六百公里，從法國走到西班牙。

演出現場，又捱了兩個小時，終於，舞臺上的燈重新亮起來。但歌手的演出時間嚴重縮水，李志，曉利，每人只唱兩首歌。據事後傳言，當晚有某領導來視察。還有一種說法，是說主辦方擔心現場人太多了。但確實原因我們也不知道。由此我也聯想到了周莊、或蘇州吳江的音樂節。它們的風雲突變，同樣的原因不明，高深莫測。

臺上李志唱著人民不需要自由，臺下花錢看演出的人們，需要尊重和音樂的回報。

那些租來的房子

1

平生第一次租房子住，是在圓明園福海邊，一間朝北的小房子，比我的身體稍大些，能將就著放一張床，床頭有個小方桌，月租八十元。屋門前拴了一隻看家護院的大狼狗，由於人窮，狗對我的態度一直不夠親善，每次出門都要注意與狗嘴保持一定距離，小心地貼著牆蹭出去。

那時，圓明園裏多數房東還是農業戶口，身上還保留些農民的純樸。房東之間也是有競爭的，我們房東李大姊的宣傳口號是：住進來就成了一家人。李大姊認識片兒警，且在公園裏管船，可以免費划。所以我們那個院子總是住得滿滿的。

全院子，算我兩個賣唱的，兩個畫畫的，一個寫作的，可謂兵種齊全，但誰都要聽大姊的，她就像解放初的女軍代表，恩威並施的管理著這群文藝臭老九。

大姊看我雙目失明生活困難，主動邀請我和他們家一起吃飯，他們吃啥我吃啥，每天多交兩塊錢。偶爾有北大的姑娘來找我們玩，請客也請不起，那就去福海，向大姊借一條船，買兩瓶啤酒，泛舟湖

上，又節約又浪漫。那時候，我賣唱也能掙點錢了，每天到海澱圖書城唱，晚上回到家，大姊幫我數錢，用猴皮筋兒，把毛票捆在一起，一元的另外一捆，她數錢的熱情非常高，見到錢堆裏鳳毛麟角的十元，總會驚喜地大叫，小周，發財了。弄得我，晚上回來清點收入，成了全院子的重大儀式，鄰居們歡樂地跑出來圍在大姊旁伸著脖子看。

大姊也是我們的保衛科長。當時大家最怕的是到昌平挖砂子，這意味著作為三無人員你被收容了。一次，下午全院子人正坐在臺階上吃飯，突然大姊慌慌張張地進來，說片兒警來查暫住證，已經到前村了。趕快大家丟下碗筷，奪路鼠竄向後面的樹林。大姊說，小周，快躲進房間，拉上窗簾，別出聲。然後她把房門反鎖上。不到一分鐘，院子裏就靜悄悄的了。結果員警沒來，大姊於是宣佈解除警報，呼喚大家回來繼續吃飯。

每逢春節，回不了家的人，全上了大姊家的年夜飯桌，當然不能白吃，會唱的高歌兩首以祝酒性，寫作的寫春聯，畫畫的，畫點鳥兒魚兒什麼的吉祥物。記得有個畫家，一高興，還給大姊畫了一張巨大的美元，貼在牆上。

2

沿著去植物園的路，向上，見到一個賣蜂蜜的牌子左拐，上了一個土坡，那是我香山的小房子，月租一百五十元。裏面大約七八平米，門外有核桃樹棗樹，到了季節，一夜大風，嘩啦啦的，吹落一地的

棗子青多紅少。到清晨房東大媽會很心疼的拿著盆一個個的撿回去。等我們起床的時候，地上只剩葉子了。屋後是一片墳地，有個解放前的大官埋在那裏，還有一個當年的女知青，不知道她是哪裏人，為啥客死異鄉？據說曾有和她插隊的朋友來祭奠過。我們房東祖上是給那個大官看墳的，後來索性蓋了兩排房子，出租給外地人。夏天，我們在墳地旁，修建了一個臨時浴室，拉上個簾子，提上幾桶水，大家排隊，女的先洗。聽著嘩嘩的水聲，常能讓人想入非非。房東有個女兒，長得很漂亮，總有些人，假裝探討藝術來找我套磁，然後就坐在門前，盼望著姑娘出來好過眼癮。

晚上，經常能看見這樣的場景：女兒去上廁所，我們房東一手拿著電筒，一手拎著菜刀，警惕地在前面護駕開路。好山好水，可以養人的精神。我大部分詩歌，都是在山上寫的，多少年在北京的焦慮，釀成了如癡如醉的文字。節選一段那時候的日記：

「我的小屋後面是樹木叢生的野山坡，坡上有一片墓園，墓園旁擺放著十幾個蜂箱。天氣好的時候，蜜蜂的嗡嗡聲融入陽光，有一種催眠的作用。一個人坐上個把小時，時間緩慢，逐漸凝固，感覺自己成了金黃琥珀中的一隻昆蟲。還有一隻貓和一隻狗，每逢我改善生活，牠們都會不請自到。鍋裏的羊排熟了，我摸索著掀開鍋蓋，鍋沿旁左邊一隻貓頭右邊一隻狗頭，都躍躍欲試。牠們雖然不愛聽搖滾，但我知道牠們是又聰明又快樂的生命。」

後來，房東為了多點收入，在我門前又蓋了一排新房，叮叮咣咣的折騰了好一陣，眼看竣工了，大官的後代開車從城裏來了。一見之下，大怒，命令他們趕快拆了，不然，要收回土地使用權。真是的，

房東頭上還有房東，結果，又叮叮咣咣的推倒了。香山是個死人活人都願意常住的地方。翻過屋後的小山，是梅蘭芳、馬連良兩位先生的墓，長長的石階通上去，很氣派。梁啟超的墓園，建成了一個小園林，一個家族都睡在裏面，一定不會寂寞。劉半農、劉天華哥倆，睡在山裏防火道旁，墓碑斑駁，荒涼的少人祭祀。而那些普通人的，不起眼的小土包，在亂石荒草中，偶爾寒酸卑微的探個頭，好像怕嚇著別人似的。還有一些神秘的高牆大院，上歲數的居民，會給你悄悄指點，那個地方是什麼首長住過的。那扇大門，不能靠近。

3

一九九五年冬天，我和女友去青島，在浮山所租了個平房，因為那兒離大海近。房租二百，免水電費。

房東是個很厲害的山東大媽。嚴格限制我們對水電的使用。還在房間的牆上，寫上警示語：浪費是犯罪。青島的冬天又潮又冷，浪漫也抗不住刺骨的海風。屋子裏沒有任何取暖設備，我們倆整天在房子裏打哆嗦，看大海的欲望都沒了。幸虧房東有個好女兒，名字叫倩倩，看我們可憐，偷偷給我們買了個電爐子，可是房東看得緊，哪敢用啊？善良的倩倩，瞅準她媽媽出門，就來敲我們的窗戶，電爐子紅起來了，等她一唱歌，好像是范曉萱的，有一句是你在海角天邊，暗示著房東回來了，趕快拔插頭。所以我們很怕聽到這首歌，它意味著溫暖的消失。後來，錢花光了，還欠了幾天房租。還是倩倩，瞞著她媽

媽，把我們送上了開往上海的輪船，臨下船的時候，她唱了一句：你在海角天邊，本來是臨別開玩笑的，可還沒唱完，女友就和她抱在一起哭了。

4

我在麗江租了個四面都是玻璃的房子，活像一個大水杯，才一百五。我整日坐在這個玻璃杯中，跟著太陽向日葵般轉。麗江的陽光，黃金一樣貴重，太陽一出來，坐進一玻璃杯的黃金裏，想事情，或者什麼也不想。隔壁有個姑娘，半年前辭掉了工作，來這裏寫長篇小說。我問她，是出版社約的嗎？她說純粹是寫著玩的。我剛搬去不久，她的小說寫完了，要回內地去了。我說，不如你接著寫首歌，這樣還有藉口再住幾個月。另有個朋友，張佺，他家養了一隻大狗，叫金花，名字很溫柔，性情很暴力。金花見了雞，好比惡貓見耗子，立撲，而且一口斃命。常有納西族老鄉拎著死雞來敲他家門，賠三百，問，怎麼這麼貴，老鄉說，這是只能下蛋的好母雞，本來下蛋後，還可以孵小雞，雞生蛋蛋生雞，這一算，三百還多嗎？所以，只要張佺招呼我，老周，來喝雞湯，我就知道金花，準是又闖禍了。

5

由於北京房子貴，馬路堵，空氣差等原因，我和女友綠妖，去年搬到了紹興。租了個小木樓，旁邊有個橋，叫做酒務橋，這不是明擺著提示我，要在紹興完成喝黃酒的任務嘛？我們住的小巷子叫作揖

坊。窗外，是泊著烏篷船的小河。早上，賴在床上，聽到有划槳的聲音，就猜到今天天氣不錯，有遊客坐船去魯迅故居了。離我家不遠，是徐渭的青藤書屋，五元一張票，裏面很幽靜，整天看不到一個遊客。我和綠妖，都想去應聘看門人的工作了，不要工資，管住就行。朋友送了我們兩缸黃酒，缸口用泥封著，把泥刮掉，裏面還有一層黃皮紙，揭開紙，酒香蓬勃而出，用酒吊打上一杯，熱一熱，下雨天，坐在窗前，喝個陶陶然微醺，真則個，不知今夕是何年了。隔壁開了一家龍蝦店，偶有九死一生的龍蝦爬到我們房間，綠妖會把牠們放回離飯店遠些的河裏。後來，龍蝦不來了，生意紅火的龍蝦店突然倒閉了，原來，網上到處流傳吃龍蝦得怪病的帖子，弄得誰也不敢吃了。我想，這一定是某龍蝦成了精，上網推波助瀾，發了這條拯救龍蝦家族於水火的救命帖。

6

還有一個租來的房子，是本人的身體。俗話說，眼為心靈之窗。我這個房子，窗戶壞了，採光不好。找房東理論，我膽子小不敢。那只好在裏面，多裝上幾盞燈增強照明。其實，總是亮堂堂的，也不好，起碼擾人清夢。坐在自己黑暗的心裏，聆聽世界，寫下這些文字。字詞不再是象形的圖畫，而是一個個音節，叮叮咚咚的，宛如夜雨敲窗，房東就是命運，誰敢總向他抱怨？有地方住就不錯了，能活著就挺好了。等我離開這間房子，等到死亡來臨，那將是又一次嶄新的旅行。哪兒都會有房東，哪兒都會有空房出租，流浪者不必擔心，生命也不必擔心死亡。我將死了又死，以明白生之無窮。

歌者夜行

周雲蓬小傳

口述：周雲蓬
採訪／撰文：綠妖

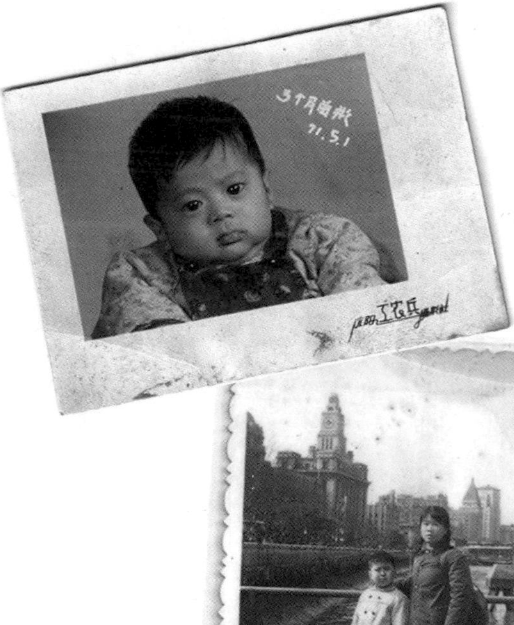

二〇〇八年九月二十九日下午兩點，周雲蓬來到海澱公園，下午四點他應該跟樂隊一起為第二天「摩登音樂節」的演出調音。他沒吃午飯，想早點到，在公園旁邊隨便吃點，但公園附近沒有飯館，他說算了，坐到露天的白色塑膠椅上，等著樂手們的到來。第二天，這裏將全是賣烤肉的、賣漢堡包的、賣義大利麵和咖哩飯的，可現在這裏只有一張張空椅子。三點半，他給小河打電話，小河住北五環外的北七家，這時還在地鐵裏。他又打給鼓手張蔚，張蔚也是「超級市場」樂隊的鼓手，這會兒或許已經在海澱公園裏面調音了？電話那頭，張蔚說，他不知道下午四點就要調音，剛出門。張蔚住五十公里開外的通縣。放下電話，周雲蓬沒有說話。過了一會，他說，我餓了。

那天下午他一直沒吃上東西。四點半輪到他調音，他背著頭天剛拿到的新琴，託人從美國買的一把一萬多塊錢的Tayler。第二天要演出的ROKR舞臺原本是海澱展覽館，並不適合作音樂演出，工作人員放了許多把小傘減少迴響，但吉他聲聽起來還是太硬太脆，不時還有嘯叫聲。旁邊的場館裏是電音舞臺，他必須一頭紮入自己的回饋音箱裏，才能假裝聽不見那邊的音樂。五點鐘，張蔚出現。三個人快速地合了幾首歌，嘯叫聲一直沒停。而樂隊另一成員，貝斯大鵬還在重慶，他要明天中午才能飛回北京。

六點五十分，周雲蓬被熱心的朋友送回他在清華的住處，走在暮色裏，他有些煩躁。昂貴的新吉他不好使、話筒有嘯叫、貝斯不在、調音亂七八糟，他還餓著肚子，這一切加起來讓他無精打采。「明天你提醒我，買點白酒裝在瓶子裏帶進去。」他說，「像這樣，不喝點酒，怎麼演啊？」

九月三十日下午四點，周雲蓬從海澱公園北門藝人入口處進場，不斷有人問他：你就是周雲蓬嗎？

我可以跟你合個影嗎？他多半就停住腳，全身定格一下，沒有表情。後來他說，他不愛照相，因為他不知道自己的相片是什麼樣，人對跟自己毫無關係的事情總是不太情願參與。還有人請他在節目單上簽名，他猶豫一下，拿起筆，歪歪扭扭地寫了一個「雲」字，大大的，像幅畫。他的演出在七點鐘，六點四十上臺調音。他背著用慣的舊琴，一把古典吉他，琴盒裏塞著一瓶酒。或許待會兒到臺上，酒和音樂會像上螺絲，一絲一絲越上越緊，最終緊緊把情緒和技巧咬合在一起，把他的情緒和臺下觀眾的情緒都咬合在一起。那酒是從超市買的十八塊錢一瓶的張裕VS金獎白蘭地，「很難喝，」下舞臺後他說。那時他已經喝了三百五十毫升的三分之一。

五點，大鵬來了。六點二十，小河出現在後臺。六點四十，張蔚從主舞臺跑過來。人齊了。觀眾看到周雲蓬，開始鼓掌。這是今年裏他最大型的一次演出，他們熱切地看著他，熟悉地跟他一起唱，在歌曲間隙熟門熟路地喊他的歌名：「唱〈九月〉！」「唱〈一江水〉！」「唱〈中國孩子〉！」

他唱了首新歌，一個人三次來北京：「我想去動物園，卻走到了通縣，走得我兩腿發疲。啊，北京北京，你就是個動物園，人被關在籠子裏面。」觀眾開始輕笑。第二段，是「我」坐著汽車來，不小心開到立交橋上：「三天三夜在那橋上轉。啊，北京北京，你就是個連環計，進來容易出去難。」觀眾大笑，鼓掌。「第三次來北京，我從那夢中來，租房子不要錢，員警也很可愛，房東有兩個女兒一起愛上了我，搞得我心裏很亂。」轟然大笑，不僅為了這歌裏的幽默，或許還為這裏頭感同身受的體會，這溫度相似的生活。掌聲裏的興奮說明他正駕馭著近千人的情緒，飄浮在觀眾情緒之上，接近失重。

唱歌的人，嘴角也露出一絲笑意。但是還沒完，下面的歌詞又把溫度降下來：「啊，北京北京，你永遠不黑天，所有的人都無法再做夢。啊，北京北京，你的太陽永不落，所有的夢都被你戳穿。」歌詞是幽默調侃的，但和聲是高亢悲涼的。他的歌裏經常出現兩種截然相反的基調，幽默有一個悲涼的襯裏，或者，悲涼到極點，反而笑起來。餘燼的顏色不是黑而是暗紅，比黑暗更黑處不是黑，而是光。

曾經他狂熱地喜歡舍斯托夫，以頭撞牆與狂野呼告的哲學；如今他最喜歡的作家是契訶夫，**「他把歡樂的事情寫得那麼辛酸，把辛酸的事情寫得那麼歡樂，連死亡也是憂傷而溫柔的。他把許多種複雜的情緒都調和在一起，我覺得好的東西的最高境界就是詩性。」**

音樂停止，在歡呼和掌聲中他站起身，臺上每個人都在走來走去收拾東西，只有他站在原地，抱著吉他，靜靜地等別人來帶自己下臺。

第一章　陸地航行

「那時我對自己提出的口號：像一個正常人一樣。」

——周雲蓬

周雲蓬，一九七〇年十二月十五日出生在遼寧瀋陽鐵西區，父母都是工人。幼年患上眼疾，「整個

童年充滿了火車、醫院、酒精棉的味道」，失明的過程，對他來說「就像白天到晚上，是緩慢的，像一個巨大的陰影籠罩一生」。在經過四下求醫，包括上海、北京這樣的大城市，也去過南方小鎮求治於江湖偏方之後，九歲時，他徹底失明。

鐵西區是瀋陽的大型工業區，始建於一九三四年，由當時佔領此地的侵華日軍掌管主建。到了五十年代，蘇聯參與投資興建。進入八十年代、九十年代，工廠接二連三倒閉，下崗人口達七十多萬。

周雲蓬的音樂啟蒙來自收音機短波裏的鄧麗君和劉文正。事隔多年，二〇〇六年五月八日，周雲蓬和圈中朋友搞了一個小型演出紀念鄧麗君，文案出自周雲蓬之手：鄧麗君，我們音樂的後娘，我們色情的大姊姊，如果你生在二十一世紀的北京，一定會成為若干地下樂隊的女主唱。北京的沙塵暴將使你的支氣管無比堅韌，北京強悍的搖滾音樂人絕不允許你至死未嫁抱恨終生。

我對老家的印象就是破破爛爛的。但音樂在生活中很普遍，人們對它甚至是狂熱的。有一年春晚，張明敏唱了首〈我的中國心〉，第二天小商店就有放了，他們是拿小答錄機對著電視錄下來的，歌聲裏還夾雜著哇里哇啦的噪音，那也牛。你要能有一盤盜版的張明敏的磁帶，那就更牛了。

我們住的工人區，小胡同裏一家挨一家，十幾平方米的小房子，生個爐子嗆得要命，上廁所要走很遠，又特別髒。那時特別渴望有自己的小房子。豔粉街離我家特別近，就兩站地。那條街特別亂，在我們心目中是出流氓的地方。

我爸爸是校辦工廠的廠長，小時候經常有人到家裏聊車床、螺絲和庫房什麼的，一點美感都沒有。那種環境下，反而對音樂、對文學特別渴望。

那時有些從監獄刑滿釋放的年輕人，彈琴彈得比較好。好像每個胡同都有這樣的人，現在你根本看不到了。晚上，在工人區的胡同裏，人們都光著膀子，端著大盆洗澡，兩三個小伙子，拿著吉他，在路燈下唱著羞澀的「流氓」歌曲，諸如〈我是一顆藍寶石〉，等等。

我們那時流傳的好多磁帶，是從監獄裏流傳出來的，要留著就好了。最早的是〈鐵門哪鐵窗哪〉，還不是遲志強，他是後來翻唱的了。也不知道是拿什麼錄的，聽上去像小樣。大家奉為經典，像聽Nirvana一樣聽。那個時候，人們對於進監獄還是有一種浪漫情懷。那時進監獄一般都是因為打架，根本沒有「貪汙」這詞。所以就是一些不會收斂的年輕人，人品上其實沒什麼大問題。

是這種環境吧。這種耳濡目染，心裏有這個種子，以後再從文字轉行到音樂就非常順利了。

晚上聽收音機短波，有個節目叫「澳洲之聲」，九點到九點半，是個點播節目，主要放劉文正、鄧麗君，一般都是：馬來西亞的劉小姐，點給印尼的某某某，為他點播一首：〈何日君再來〉。

那時你聽那種歌，簡直是天籟！電臺信號本身不清楚，你就拿著收音機，變著方向聽。鄧麗君的聲音就從那裏面傳出來。那時剛開始發育，身邊又沒有任何愛情歌曲，你一聽到鄧麗君這種甜蜜的、異性的聲音，真的是……音樂的震撼力，那個時候是最強的。

她是我們這批七〇年代出生的人的音樂啟蒙者，而且也是你對異性、對懵懂的愛情的最初想像。而

且她那種歌，在那種環境裏還是挺協調的。你用的是小磚頭似的收音機，周圍都是破破爛爛的，她的歌也都是小鎮之類的情緒。你要是特白領，周圍都是富麗堂皇，聽那種歌倒挺怪的。

我上的是瀋陽盲校，旁邊就是瀋陽師範學校，師範學生有時會來給我們念書。我發現那些抱著吉他唱歌的同學，總有師範女生去找他們。我不甘心被冷落，就開始唱歌。那時吉他還沒這麼洋氣，被稱做六弦琴，而且彈琴的手法都是掃弦。吉他是二十多塊錢買的「百靈牌」的二手吉他，學的第一首歌是〈莫斯科郊外的晚上〉，是一個朋友手把手教會我的。

「我一直夢想著寫作，當一個大作家。」多年後，三十八歲的歌手周雲蓬這樣跟我說。八十年代，他的偶像是托爾斯泰、泰戈爾。他喜歡去書店，進去就用深沉的嗓音問：請問，有沒有《浮士德》？沒有？那，《戰爭與和平》呢？那時他讀書主要靠去圖書館借閱盲文書籍，而那裏只有老版本的唐詩宋詞稱得上是文學書。結果就是，在「新民謠」的陣營裏，除了相似的在城市裏生活的小人物的感受，周雲蓬的音樂裏多了一種元素。因為獲得資訊的相對落後，因為盲人世界的限制，他反而遲緩地接上了中國古典詩歌的那一條河，只有他會在人聲鼎沸的酒吧裏，不疾不徐唱起「劍外忽傳收薊北，初聞涕淚滿衣裳」，這個氣息，你可以管它叫做是：中國的。

我小時候，有一段時間無書可看，盲文書裏就只有唐詩宋詞，我看完，過一會，閒著無事拿起來又

看一遍。後來看得幾乎都能背下來。

盲文書，圖書館裏都有。但它們都是很老的書，比如《毛澤東全集》，或者還有一些按摩的書，文學類的極少。《紅樓夢》全是潔本，涉及到談戀愛的都給你刪掉。我恨透那些刪節書的人了。比如說，賈寶玉初試雲雨情，整個就給你砍掉。標題也全改成：狡詐的襲人、黛玉之死。盲文書好多都是那樣的。但我的渴望會更強烈，想看更多的書。《飛鳥集》那時幾乎都被我翻爛了，提上一句我就能對下一句。

那時總覺得只要看很多書，就會寫得好，就玩命地找各種機會去看書。收音機裏有文學節目就錄下來，我錄過史鐵生、張承志，還有古詩詞欣賞。錄下來，反覆地聽。那時對閱讀有病態的饑餓感。

在胡同裏住的時候，我記得很清楚，有個小伙子，考了七八年的美院沒考上，他喜歡哲學，那是八六、八七年吧，天天在路燈底下探討斯賓諾莎。他給我開了一個書單：把這些書買回來，看一遍，你就「行」了。我一看，全是「靈魂論」什麼的。後來我才知道，就是「漢譯世界名著」那一套。「這個人很厲害，他叫卡夫卡，最近很牛。」其實他們也想買這些書，但買不到，他們想，也許因為我是一個盲人，人家會賣給我。後來我把書單拿到書店，人家告訴我：這些書，不能輕易賣給你。反而遞給我一本《物性論》，意思是讓我研究唯物主義。其實那是一本哲學長詩，等我二十年後又看一遍，才覺得不錯。但當時很失望，想：咱們唯心主義，研究那物性幹啥呀。那時覺得一切關於物質的，都是……很淺薄的事情。

當時我們談到的書，許多是多年之後才看到，像一種反芻，比如說，上大學時我才看到卡夫卡的《變形記》。你會覺得在一個工人的胡同區，大家坐在路燈下面，談論卡夫卡、斯賓諾莎，這是再也無法複製的一個年代。

八十年代人們對文化有種崇拜感，你要是敢在報紙上發表一篇文章，那還了得，所有的女生都跑過來聽你講文學。所以寫東西會有一種榮譽感。大家要是寫了點什麼，就很羞澀地拿出來交流。一九八九年時，我在《遼寧青年》上發表過一篇文章，一下收到兩百封信。那時感覺到有種榮譽感，每天上學必須到收發室去問一下：有信嗎？全是從寧夏、甘肅之類的地方寄來的。那時我是學校裏文學水準最高的人，經常代表學校去參加講演。題目往往是《我的家鄉》，最後一句通常是：「難道不是這樣嗎？！」主題很多是關於歷史的、八國聯軍的、愛國的。各種節日都出去講。講演就是成語多一點，加一點抑揚頓挫，還有排比！嚴重崇拜排比句。

後來有一回，我聽香港宗教電臺，寫信去要一本《聖經》，學校把那封信給拆了，把我訓了一頓：要什麼《聖經》，你一個團員，搞什麼唯心主義。

那段時間裏的文學，我個人比較喜歡史鐵生，他有篇詩體小說《車神》，對我影響較大。還有馬原寫的西藏。就是長江文藝出的那一套先鋒小說，包括余華、格非。

那時看書是別人幫我念，他們念的時候，我會說「停，這一段，我記下來」，用盲文做筆記。或者這樣，每一天，別人給我讀完了，憑記憶再複述一遍。那時有本《希臘神話故事》，德國作家施瓦布寫

的，語言很美，印象很深。

一九九一年他考取長春大學特教學院，可以在按摩、音樂，或中文中選擇專業，考慮過自己的吉他水準後，周雲蓬選擇了中文。在一九九四年一月出版的《地平線的呼喚——中國當代殘疾人詩文選》裏，他以「凡天」的筆名發表了六篇隨筆及詩歌，像他的筆名一樣，他的作品也帶著八十年代的文學色彩：一點先鋒文學、幾分英雄主義，還有一絲影影綽綽的史鐵生。這是他的習作階段，但即使是習作時代，和這本書裏其他自強不息型的作者比，他仍顯示出不同：他不用抒情長句，不歌頌春天、人性的溫情、生活的幸福，像他的〈無題的歲月〉裏的第一句：「換一張標籤仍無法將我拍賣」——他的習作也帶有「無法被標籤」的痕跡，那是文學與生俱來的複雜性。而在他的畢業紀念冊上，二十四歲的周雲蓬在人生信條後面寫下：人生如果不是作為審美對象，它便毫無意義。

以上片段反映了他當時的文學水準和思想所及，也為日後的詩人周雲蓬的出現鋪平了道路。從一九九五年到二〇〇三年，他一邊賣唱，一邊寫詩，並以後者為精神上的主業，唱歌僅為謀生手段。二〇〇五年他自費出版詩集《春天責備》，印一千冊，至今已賣得所剩無幾。但在那之前兩年，他已經不怎麼寫詩，詩性的語言，悄悄在他心裏轉換為更簡單、更生活的句子，那是歌。

音樂與文學這兩條主線，在他生活裏不斷出現，當然可以用更複雜的理論解釋它們在他生命中的此消彼長，但我想引用他自己喜歡用的詞：榮譽感，還有，異性的作用。它們促成了他從文學轉向音樂，

但之前「大而無當」（周雲蓬語）的文學歲月也並非毫無用處，它們或者直接轉化為歌詞（如〈盲人影院〉），或者讓他寫出〈不會說話的愛情〉那樣意象古典卻又鋒利直接的歌，如果顛沛流離的人生體驗使他的音樂無形中厚重，詩性卻在助長著它的輕盈，這成為周雲蓬獨特的音樂氣質。

考大學之前，我總想去正常的學校上學。因為我上不了高中，有一陣腦子一發瘋，我就報了一個高考補習班，那時我初二，每天下午三點從盲校下課，坐一個半小時十幾站地的車，坐到鐵西區重點中學三十一中，從五點聽到九點，全是大課，高一到高三的內容。我報的是語文、政治、歷史和地理。英語沒有報，因為我們初中根本不學英語。

我的桌子在教室一進門的地方，那時我十七八歲，正是青春期，虛榮心最強的時候，要走過一個長長的走廊，路過高一、高二教室，走到底才能走到補習教室。每回我都等他們上課了才進去，因為下課時走廊裏全是學生，那時的心態很複雜，怕撞了人，還想到〈人群裏〉有同齡的小姑娘，有一種自卑，還有……反正各種亂七八糟的心態都有。那種心情特彆扭，（走進那條走廊）就像踏入地獄一樣。本來我每回去得都挺早的，但總是等到上課才進教室。到了推開門，他們都坐好了。我找到自己座位坐下，錄音。

那段時間很辛苦，每天回家都要把課堂錄音整理成盲文，其實高中知識沒啥好學，但就是如饑似渴的。有時候要抄好幾天，但那時候精力太充沛了，每天五點起來，回到家裏都十一點了，第二天五點再

起來。我地理學得好，就是那時打的基礎。那時關於氣候帶，測算太陽高度角，都要看地圖，理解起來特別麻煩，我要動用所有智慧來理解。

從補習的中學走回家要兩三站地，我都是拄根棍子自己走，有一回，有個小姑娘送我回家，但我不好意思讓她去我們家，因為我們家在工人區，一間房子住了四五個人，特別吵。剛開始她把我送到一個路口，我說我快到家了，其實還很遠，我說你別送了吧，她說那我就走了啊。其實沒有走，在觀察，等我拐過去走很遠，她忽然說：哎，你不是到家了嗎？特別尷尬。那是種最初的朦朧的感覺。但那個姑娘，再也沒……可能也見過，但不知道是哪個了。多年來給我留下了美好的印象，現在有時想起來也特別美好。

那一段經歷，其實給我打下來一個跟外界溝通的心態。很多同學在盲校生活得特別閉塞，不願意跟外界打交道，現在我回憶起盲校，很多學生都有心理疾病，有些人會自言自語，房間裏沒人，他自己講評書。學校是不管這個的，所以他們到社會上，就很難跟社會融在一起。別人看他們就特別怪。我覺得經過補習班上的這一段，心理開放了一些。後來有勇氣大學畢業去圓明園，也是那時打下的基礎。那時我對自己提出的口號：像一個正常人一樣。我鍛煉一個人走路，從我們家到盲校有二十站地，從盲校到補習班十幾站地，中間要倒車。晚上下課沒有公車，還要走回家。很多盲人自己根本走不了，都要別人領著。我父母都在上班，他們不可能陪我去，只能自己去。有次我爸爸騎個大的平板三輪車來接我，那種運煤的平板車，停在外面，我就特別不好意思……覺得這種車，還不如自己走回去呢……

那一段生活特別充實，那才叫青春的生活。青春、年輕，非常有激情，對未來，對任何一種知識都不放過。

到高中之後，盲校就學中醫，學按摩，沒有普通高中課程。高一時我就退學了。然後在天津讀了一個預科，是天津殘聯辦的，類似普通高中，給盲人上。全國的特教系統，就天津這一個。上了兩年。天天做題，大部分是海澱的題庫，做得頭暈眼花的。

大學念的是長春大學特教學院的中文系。辦過一份雜誌，《失眠者》，油印的。那時我的看書方式是我教別人彈琴，教一小時琴，他幫我念兩個小時書。每天下午教兩個，看一百多頁的書。因為這種讀書是勞動換來的，所以選的書都是一些名著，本來也想聽點武俠小說，但覺得讓別人念這樣的書，自己就太虧了。但世界名著的確容易讓人犯睏，可別人讀得辛苦，自己也只好強挺著不能睡著。所以《復活》、《紅與黑》和《噁心》等都是半夢半醒中讀完的。

那時還是音樂專業最火。別的學院的小姑娘都特別願意找他們玩，他們有琴房，我們這邊就不行，搞個詩朗誦，也沒多少人來看。那時心裏有種自卑感：你看當初搞音樂多好。

反正大學就是挺單調的。不過那時看了一些書，像《梵谷傳》、卡繆、尼采的《悲劇的誕生》、昆德拉、沙特。上大學時昆德拉對我影響挺大的。但現在我很警惕他那種小說，我認為他那種小說缺少詩性，不夠渾然天成。

第二章　夢見火車

「長年的漂蕩令火車成為我夢中常有的意象。有時是買票，或走過車廂連接處尋找座位；有時在一個冷清的小站下車，坐在剛被雨淋過的長椅上，等著下一班火車的到來。」

——摘自周雲蓬〈夜行者說〉，二〇〇〇年

一九九四年大學畢業，他被分配到一家沙拉油廠做工人，卻無活可幹，廠家招他是為了政策免稅，他決定離開。一九九五年，他帶著父母給的六百塊錢來到北京，在圓明園畫家村用八十元租了一間屋子，開始以賣唱為生。

每天早上，從福海邊六十九號朝北的住處出發，背一把琴、一個音箱，帶張油餅，順著土路，高一腳低一腳走上三十分鐘，來到他們稱為「村口」的「達園賓館」，坐332路到北大南門的海澱圖書城賣唱。他自己會坐公車，一般是聽售票員報站，或者聽到有車過來就問別人：這是××路嗎？「那會兒北京挺靜的，沒這麼多人和車。現在可不行了。」站在二〇〇八年的北京的街頭，公車一輛接一輛轟鳴而過，周雲蓬的耳朵失去了當年的能力。

圓明園的生活是他在北京這麼多年中物質上最苦的，窘迫時，每天都吃鹽煮麵條，後來賺到點錢，他立刻去買了一斤肉，做一大飯盆，一口氣吃光。他背的音箱要裝八個一號電池，背在背上頗感覺沉甸

甸，一節電池一塊五，一天十二塊錢是必要的投資，如果這一天沒掙到錢，就算賠了。除了物質的艱辛，對未來的危機感像天邊的烏雲，隨時可能變成當頭大雨。這是他第一次來北京，他用一種「壓倒一切、粉碎一切」的氣勢支撐自己，一切都為在北京生存下去而讓步，這是他人生中「英雄主義」最為強烈的階段。

吃著煮麵條，一年下來存了一千五百塊錢，斥鉅資五百塊買了一部「愛華」隨身聽，可以隨時錄點東西，剩下一千塊，他進行了第一次長時間的遊歷。

二〇〇八年十月一日，他帶我去看他住過的圓明園村，從「達園賓館」走進去，路兩邊越來越像八十年代的城鄉結合處，檯球案子、四塊錢一份的炒菜米飯、放著〈昨夜星辰〉老歌的小超市。周雲蓬說：怎麼比當年物價還便宜。這條道他熟門熟路，因為當年都是他一個人「一手一腳」摸出來的，印象無比深刻。但走到他說該有座橋的地方，卻是一堵牆，再往前是死胡同。當年的圓明園畫家村就消失在這堵牆後面。

他在那兒住了一年，這也是他戀愛、接觸現代藝術、和許多像神經病一樣的藝術家蹲在一起熬生活的一年，「圓明園」像九十年代生活在北京的藝術家的一所進修大學，似乎必須要經過這麼一段生活，才算從文藝青年進入藝術家的預備役。

最初是我教一個北京孩子彈琴，他說起畫家村，都是一些外地搞藝術的聚在一起，就很神往。來之

前想過怎麼生活呢，那時候主要是想賣唱，就先在瀋陽試了一次。賣唱開口最難，每次賣唱前，我給自己找好多理由，繫鞋帶繫個十分鐘，或者調弦調二十分鐘，儘量拖延時間，但一旦唱起來，融進歌曲中，就身不由己了。頭一回賣唱，還故作深沉，艾略特《荒原》裏有一句：我聽到鑰匙轉了一下，每個人守著自己的監獄。我把它寫到紙上，放在地上。其實都是多餘！誰也不知道啥意思。對於給錢也沒作用。

來北京是坐火車，好像是硬座還是沒有座。下火車直接去賣唱，先試試，看這個能不能賺錢，然後才決定要不要租房。所以一下車就去西直門地鐵，掙了二十塊錢，一天二十，一個月就六百塊，那個時候已經很多了。這才找房子。

那時對大學有一種盲目崇拜的心理，想在學校周圍住。學院路、藍靛廠，都沒找到房子，最後就去圓明園住了。那時我記得北大那邊，周圍相對還是比較荒涼。到圓明園那邊，當地人都是農村戶口，就更荒涼。再往趙家河那邊走就沒人了。

那是三月份，風吹到胸口覺得挺冷。我去圓明園的時候，他們給我介紹過一個朋友，但我去的時候呢，這個朋友進了監獄，我就自己繼續往裏走。後來遇見一個四川詩人張建之，他看我背個琴，看上去就是剛進村的，就問我。我講了情況，他就幫我租了一間房子。當時他們都認識很多當地房東，房東關照：有新人來了，介紹給我們家。那時有很多空房，房東都特熱情。

我們的房東很好，一天給她兩塊錢，她吃什麼，就給我盛一碗，飯和菜倒一起給我，省了不少事。

那時的房東還都挺樸素的。我住一間六七平方米的平房，福海邊六十九號，朝北，每月八十塊錢。剛去，覺得能省就省。我們院子裏就有一個彈琴的，還有一個畫畫的，還有一個寫作的，兵種挺全。那時的圓明園氣氛很融洽，不像現在在宋莊，人與人之間比較冷漠，那時候有一種八十年代遺留下來的浪漫氣氛。

後來我也在樹村等地方住過，也很窮，但不一樣。我覺得是一代人和一代人的不同吧……雖然那時是一九九五年，但那個時候跟外界相對封閉一些，氣候滯後，他們還是八十年代末的那種感覺，見了面，沒說兩句就談到藝術。你要是畫畫的就爭論起來了，要是搞文學的，就：我，卡夫卡，你……

圓明園的山水也很好，前面是一個大福海，後面是一個大樹林子，直接通到小清河，那個樹林子特別深，村裏因此還流傳著很多鬼故事。有人回來會講：今天又看見鬼了。更可怕的是員警，經常來。那時暫住證還沒那麼靈，有時有證也不行，我也遇到過幾回。嚴打的時候，「我們這兒不允許你們這些吹拉彈唱的住。」——我們成吹拉彈唱的啦。因為那邊比較敏感，離北大、清華比較近。

有一回，我還進過公安局。那次我是在海澱區政府門口賣唱，我不知道那是區政府，覺得這地方還挺敞亮。有兩個公安就把我帶到海澱公安局，問我：你知道這是什麼地方嗎？我說不知道。又問我幹什麼的，我說我賣唱的。員警挺有意思，說：你給我們唱兩首歌吧。我就唱〈只有你知道我的迷惘〉，唱完後大家都很高興，說，正好我們有車，你住哪兒，把你送回去。我想我們村裏那些驚弓之鳥，看見警車可了不得了，萬一再出點啥意外，就讓他們把我送到村口，自己走回去了。

那會兒大家都不富裕。誰家燉點肉，保證大家聞著味就過去了。我就遇到過專門蹭飯的，到飯點兒去人家家裏坐著，主人象徵性地客氣：「吃一碗吧。」

「不吃。」

「吃一碗吧。」

「不吃。」

「別客氣，吃兩碗吧。」

「那行。」

還有個別上飯店蹭飯的。我們那兒有個山東的老劉，特別傳奇，他去飯店吃完飯，一般人都會說：您買一下單。

「買單？什麼單？我是畫家！」拿出自己的名片，「將來我會有很多錢，拿著這個，以後成倍還給你。」有的飯店就給蒙住了。時間長了，那一帶都被他吃遍了。後來所有圓明園的飯店都掛個牌子：概不賒賬。

圓明園當年有一大批是遊學派，在北大聽課，聽哲學課、中國文學，反正所有的講座都能看到他們的身影，聽完課就拿本書，坐在北大的長椅上，等著小姑娘經過，跟人聊天。我們給他總結出來三大法寶：我是搞藝術的，流浪到北京，我總有一種要死的衝動。有時候領來新人，別人的眼睛都亮著呢，他總說這一套，就總結出來了。

我那時就是賣唱。在北大南門，海澱圖書城那邊。早上在那兒唱，像上班一樣。買個音箱，麥克風，因為在路邊唱，聲音太小別人聽不見。我來北京準備了十首歌。羅大佑、崔健、齊秦，還學過英文歌：Yesterday，Tears in heaven。賣唱技術含量並不高，它就要求聲音大，動情，因為即使你技術含量很細膩，人家也聽不清啊。街頭的東西就是粗糙。所以賣唱你不能選擇複雜的，比如說爵士，那不是找死嗎，你必須選那種走過去兩米，就能把人擊中的。如果走過去二十多米再想起來，那還有什麼用。有些歌給錢率特別高：〈你的樣子〉、〈睡在我上鋪的兄弟〉、〈我只想唱一首老情歌〉、〈青春舞曲〉、〈灰姑娘〉，都是旋律簡單，又耳熟能詳。它能擊中一大片人，包括中年人、年輕人。

賣唱受天氣影響很大，有時候連著下雨，你出不去啊。風太大也不行，把錢都刮跑了。有時一天就四五塊錢。最高的是有一天掙了四百多。平時我都在圖書城外面唱，那天我進到裏頭，裏面是步行街嘛，那個效果好，都是十塊十塊的，還有一百的。但這種情況半年有一次就不錯了。

賣唱還屬於圓明園收入比較高、相對比較穩定的職業。畫家，在街邊畫肖像那種，收入還不如賣唱的。要等作品賣出去，還不知道等到什麼時候。寫作的最窮，因為他沒啥可賣的。

圓明園的生活也不像共產主義。也是勾心鬥角的，相互拆臺，誰也瞧不起誰。藝術家紮堆都是那樣。我旁邊住著一個畫畫的，有天回來跟我炫耀說：「我今天看了一個朋友的畫，我說，『看你的畫就覺得你有點陽痿。』」他說得挺高興。剛過一會兒，那個畫畫的就找了好幾個人打他來了。大家好一頓拉。

互相都是不服。你看過《立春》那個電影吧，好多畫畫的都是一個地方出來的，齊聚圓明園，相互知道老底。它也分很多圈子，分前村後村。前村生活好一點，那邊有市場，房子也貴。後村就比較窮一點，收入不高的住後面。我住後村。

後來在宋莊也見過很多住過圓明園的朋友，一見面，就感覺像老鄉一樣：你在圓明園哪兒住啊，我在幾十幾。哎呀特別親切。

圓明園拆遷的時候，我已經走了。我是一九九六年離開北京的。

「每個城市生活下去肯定都是不同的，尤其在底層生活。」

——周雲蓬

一九九六年至一九九八年，周雲蓬開始他第一次長時間的遊歷：北京——青島——上海——南京——杭州——瀋陽——北京。北京——長沙——三峽——長沙——株洲——昆明——北京。看得出來，北京是他每次遊歷的起點和終點。從這一次長時間遊歷後，周雲蓬養成了在北京住一陣，再到外地住一陣的遊歷習慣。「你看不到，那你是如何感受每個城市的呢？」這個問題他被問過兩百多遍，不是採訪的人缺少想像力，而是無論他怎樣解釋，我們仍然無法體會他的感受。在這個問題上，註定無法用簡單的問答，消除感官的隔膜。

這次遊歷之後，他街頭賣唱的謀生方式，升級為到酒吧唱歌。在長沙一家酒吧裏，他認識了一個也是從北京過去的歌手，當時還叫阿峰的小河。十年之後，小河和周雲蓬成為各大音樂節的常客，新民謠陣營中的標誌性人物。小河和周雲蓬的音樂截然不同，一個飛揚靈動，一個沉穩內斂，這正像他們這兩個人本身。現在小河做實驗音樂，而一九九七年的小河還是搖滾青年，穿故意剪得稀爛的牛仔褲，而小河記憶中的周雲蓬，則這麼多年一直沒什麼變化，「他那個時候可能就明白自己的方向了。那時他跟現在一樣樸素，更多的變化可能是在內心，這種變化只能從作品裏感受。以前他還是臺灣民謠的路子，受李宗盛、羅大佑的影響比較大，現在你一聽就知道這是周雲蓬的。」

二〇〇七年，小河成為周雲蓬第二張專輯《中國孩子》的製作人。

來了北京之後，心就比較大，比較野，覺得去別的地兒也沒問題。那時我唱了半年，越唱歌越多，什麼〈踏著夕陽歸去〉，或者更早的。這種復甦，把童年時候聽到的都從記憶深處拽出來，總結出八十多首。有些歌，歌詞記不清，就試著填上一兩句，也算為以後寫歌起了個頭。

我在北京賣唱，攢了一千五百塊錢，九六年就去了青島，在青島大學附近賣唱。然後坐海船到上海，在「復旦」周圍住一段，又去南京與杭州，最後回東北老家。去青島是兩個人，還有一個賣唱時認識的姑娘在一起（見〈第四章，每個人是一個星系〉）。後來形成一個習慣，在北京住一段，出去轉半年，再回來，再出去。

我骨子裏挺喜歡到處跑。一般是根據讀書時的想像，還有朋友介紹。像我去長沙，是當年圓明園有個畫畫的，他想帶我們去長沙附近農村過春節。一般都是這樣，在北京的朋友給你描述一下，你就去了。

每個城市生活下去肯定都是不同的，尤其在底層生活。但現在都差不多了，因為現在去演出，都是住賓館、到酒吧調音，演完就走。但那個時候你要租房子，找便宜的飯館，找地方賣唱。

並不是因為到處走所以才沒錢，也許是因為沒錢才到處走。我們的樂趣是帶幾百塊錢就去一個地方。我到湖南就帶三四百塊錢。火車可以逃票嘛，買個站臺票，沒查出來就混下去。

我是從長沙去的三峽。我先逛了岳陽樓，買了張船票，從洞庭湖到奉節，那一段航程我特別喜歡，很蕭瑟。先在洞庭湖的君山上住了一夜，君山公園在洞庭湖中間，有一班車到岳陽，我跟另外一個寫詩的朋友一起錯過了末班車。那兒有個大草地，我們發現了看魚人住的帳篷，有被子、手電筒，就住了一夜，一晚上做了很多稀奇古怪的夢。第二天走了，你覺得那個帳篷還在那兒，而你會繼續去別的城市。那種感覺，後來就寫成了〈山鬼〉。

三峽一九九七年時還沒淹，我買的五等艙，最下面的大通鋪。奉節那個小城我特別喜歡，典型的四川的小縣城。在街邊吃五塊錢一盤的梅菜扣肉，很好吃。二〇〇五年又去，全淹掉了，蓋了新樓房，就像賈樟柯拍的《三峽好人》。我對三峽周圍極感興趣，古詩詞裏讀到時，什麼秭歸、豐都、巴東、巫山，名字就透出有故事的感覺。

從三峽回長沙，在酒吧幹了一段，又去株洲幹了一段時間夜總會。年底回到北京。那個時候，開始大批量地寫歌，〈空水杯〉、〈山鬼〉、〈藍色老虎〉都是那時寫的。

其實一九九七年去湖南，是想去湘西，但在長沙就耽擱下來，想謀生，越謀越生，到最後對湘西也沒興趣了。我先在街上賣唱，有個孩子跟我說：你旁邊就有個酒吧嘛。我去試唱，那時我最拿手的是〈人鬼情未了〉，一唱，酒吧老闆高興地把我們留了下來。我就是在那兒認識小河的，他們也是從北京過去的。那時唱一場是二十塊錢，每頓飯都是一碗山西刀削麵。你想，一場二十塊，一禮拜一兩場，沒多少錢。老闆還經常克扣工資，跟我們說，省下來的錢，「搞個錄音室，弄個搖滾基地。」因為這，小河特別節約，晚上連空調都不讓開，那時候他在酒吧看店，「給人省點電，省點電搞錄音室。」

克扣工資的時候，老闆就說：「我們都是搞藝術的，怎麼能談錢，談錢就俗啦！」一次一次克扣，最終我們認識到，商人就是商人，還是要談錢。

在酒吧幹了一段，又去株洲夜總會，暗無天日地在那種夜總會裏幹了三個月。白天把窗戶都蓋得嚴嚴的，還有二十多個小姐在裏面，然後晚上跳豔舞的，翻跟頭的，夜總會就是那樣，天天看那些節目挺反胃。在夜總會裏唱歌的什麼人都有，什麼「情歌王子」之類的，介紹到我：「這是來自北京金甲殼蟲樂隊的主唱周雲蓬！」——那個時候，湖南就盛產主持人，那張嘴，給你胡說一通。

那時我唱的還是人們最歡迎的歌，〈人鬼情未了〉、鄭鈞的歌。那時，就感覺音樂挺遙遠，唱歌是為了謀生。但是，好聽的還是會喜歡。比如許巍的〈兩天〉、崔健的〈一塊紅布〉、鄭鈞的〈極樂世

界〉，但不像當年我聽臺灣校園民謠那樣深入骨髓了。

小河後來回北京，在民謠酒吧裏幹活，組建樂隊排練，寫歌，我還在到處走。他搞音樂比我開始得早。

現在和之前的旅行方式相比，肯定是以前更能深入感受一個城市……但那種生活更苦。我覺得順其自然吧。你能在酒吧裏唱，音響效果也更好。也有人不願意到酒吧唱，他們覺得路邊是一種受難，酒吧是媚俗。但你在路邊不也是唱這些流行歌曲嗎？而且在路邊被人轟來轟去的，也不美。不需要但硬要去做，也是矯情。

我們這種旅行，跟凱魯亞克他們也不一樣，他們處在酒精迷幻藥的時代，完全是青春的釋放。我們出行還是處於小農經濟的節制：哎，我去一趟湖南吧，算一下積蓄就去了。一般來說，都是住下來，生活一段日子再離開。凱魯亞克他們是在揮霍生命，而我們是謹小慎微地走到哪兒就適應這個城市，去觀察、生活、謹小慎微地張揚一下，喝點酒。中國的城市也不允許你那樣，除非你很有錢，否則一般來說會被遣送或收容，沒有別的出路。

九八年我想去大理，帶了一千多塊錢。又來了個朋友，慫恿我在昆明幹酒吧，先掙點錢再去大理。但昆明可以唱歌的酒吧特別少，吃得又好，總吃總吃，越來越沒錢，酒吧也找不到活，一千多塊錢花完，最後逃票回了北京。

回北京後，在蘇州橋那邊有個「斜陽居」，就在那裏面唱，吳虹飛當時也在那兒。還是唱拷貝，下

面都是上菜的聲音。一場八十塊錢。但那時就唱膩了，北京晚上你去聽聽，至少有一百個酒吧歌手在唱〈外面的世界〉，我都快唱吐了。

二〇〇〇年，周雲蓬搬到搖滾樂手集中地樹村，樹村是北京西北郊的一個村子，最早住在這裏的是進京打工的，撿廢品的。因為附近的迷笛音樂學校，樹村漸漸成為來自全國的搖滾樂手的聚集地，一九九九年至二〇〇〇年間最多時有數百人和三十多支樂隊，包括「舌頭」、「木瑪」、「痛苦的信仰」、「病蛹」、「聲音碎片」等如今已相當有名的樂隊樂手都在其中生活過。樹村生活對周雲蓬影響深刻。

同時期搬到樹村的音樂人沙蔥對樹村的第一印象是：「蕭瑟和破敗，到處是垃圾……村口有幾棵樹，進村便是一條街道，說是街道有點抬舉的意思，兩邊是民房中間一條路，湊合過得去一輛夏利車。因為住戶們都往街上潑髒水，所以我們小心地在黑褐色的冰面上向前走。看著滿地的廢紙和塑膠袋，我當時想：『這他媽是人住的地方嗎？』」

沙蔥在樹村認識的第一個人就是周雲蓬，「老周是遼寧的，盲人，長髮，微胖，算不上高大但看上去挺壯，黑夾克黑皮褲戴一副墨鏡，猛一見還以為是唐朝樂隊的某一位樂手。剛見到他時，他正在排練，排的是在酒吧裏幹活用的流行歌。」關於樹村的生活狀態，沙蔥記憶猶新：「沒飯吃是樹村普遍的情況，有些哥們兒一天只吃一頓飯，而且是幾個餡餅。餡餅是村口一間小店做的，韭菜雞蛋餡兒，雞蛋

少點，但味道還不錯，也不貴，五毛錢一個。……為了生活，大家也是想盡了辦法，唱酒吧的少，多是賣打口碟，唱通道，或靠家裏救濟，但溫飽還是無法徹底解決。」

除了溫飽問題，還有治安問題，「員警來查暫住證時，我們就讓房東把門從外面鎖上，製造一個屋裏沒人的假像，自己在屋裏一躲半天。」同時住過樹村、後來常跟周雲蓬搭檔演出的貝斯手大鵬對樹村歲月印象最深的是這一刻。

一九九九至二〇〇一年，周雲蓬熱衷於《聖經》、舍斯托夫、齊克爾、基督教神學，還有杜思妥耶夫斯基。他心裏的哲學都是曠野呼告式的，都是在窮盡追問：「如果沒有上帝，那麼，人類做任何事情都是被允許的嗎？」他和朋友辦民間刊物《命及聞》，裏面除了刊登詩歌、隨筆、小說，還從《聖經》入手討論「虛無」和「虛無主義」。

《命及聞》有一個極簡陋的封面，像那個時期周雲蓬面前那張命運的臉，凜然而模糊。樹村不是他物質最苦的階段，圓明園比它苦，但樹村時期像他的精神煉獄，沒有寫歌，沒有寫詩，提到這一年，他用得最多的詞是「焦灼」。但聯繫到「新民謠」其他歌手們此時的生存狀態，周雲蓬的「焦灼」又顯然具有一種共性。

二〇〇〇年到二〇〇一年，我住樹村。那時有個電影《北京樂與路》，舒淇演的，拍得不太好，很多樹村的樂手還很不高興，集體抗議來著。

樹村跟圓明園是兩代人吧。後者是八十年代的老浪漫主義者，出生年齡都在五六十年代，或者七十年代早期的，樹村不一樣，它的形成是因為旁邊的迷笛學校，迷笛學校培養的學搖滾的小孩，畢業後沒地兒去都住在那兒。整體上都是搞龐克、搖滾、重金屬的。

我是從蕭家河搬過去的，圖它房租便宜，而且當時想找個樂手排練，那邊樂手多嘛。大體上，樹村環境當然不如圓明園，圓明園有福海，後面有樹，還有廢墟，有一種荒涼美。而樹村像個小縣城，就是一條街，沒有下水系統，一下雨污水橫流，所以適合做垃圾音樂、龐克音樂，人在那種環境裏，就很焦灼。他們那邊的生活節奏，早上你看不見人，都在睡覺，下午就都灰頭土臉地出來，吃個早點，遇到了相互問：「哎，今天你排練嗎？在哪兒排？」「哎，最近有鼓手幫我找一個。」還有一些姑娘們作為陪同人員。偶爾也有一些記者，跑過來採訪。

他們的演出基地在五道口那邊的「開心樂園」，全是金屬龐克，或者是老「豪運」。前幾天我還跟「聲音碎片」的李偉聊，最少的時候一個樂隊只能分十塊錢，一個人只有幾塊錢。因為他們是按門票，比如今天晚上十個樂隊，每個樂隊五個人，那你今天門票能賣多少？賣幾百塊，大家一分。「聲音碎片」還比較有名，別的可能連十塊都分不到，就是幾塊錢。演完了，大家回不來，打車太貴，就坐在路邊等到天亮坐公共汽車。早上一看，灰灰的一大群人，扛著樂器，走回來。

我沒什麼演出的機會。我一把吉他太清淡，他們全是特別重的，比如像「痛苦的信仰」、「病蛹」這樣的。那時賣唱也不成了。有個人找到一個管道，去大學裏唱，大學裏下課，或晚自習前，他看著老

師不在，就躥上去：同學們好，下面我為大家唱一首歌。唱完就收錢，願意給就給幾個。它比賣唱省事，只用唱一兩首，因為唱多了老師就來了。他們去比較方便，可以觀察老師在不在。而我去就經常出麻煩。

有一次我去清華，清華人都特別愛學習，我上去唱了一首，本來唱一首就該走了，我覺得意猶未盡，又唱了一首。結果有個學生就不幹了，去找保衛科，把我們轟下去。我朋友就一個勁埋怨：你看你唱一首就得了。大概是有人鼓掌，一鼓掌，就忘乎所以了。

我記得去過清華、北師大、郵電學院、民族大學。那種唱歌挺屈辱，做賊似的。

那時想找一條折中的路線，在街上賣唱，那陣管得挺嚴。酒吧呢，那一年沒怎麼幹商業酒吧，比較累。

我還在河北參加過殘疾人藝術團，到小學、中學、油田演出，大家很同情，給錢很多，收入還挺高，演出品質也湊合，但挺累。比方早上起床，坐大客車趕到邯鄲，演完趕緊卸臺到保定，有時吃飯都在車上吃，說不定晚上邢臺還有一場。

去之前主要是好奇，欸，這個挺浪漫的，去看看吧。去了給我分配彈電吉他，我會彈一點。他們都是唱潘長江的〈過河〉，〈還珠格格〉的歌，在農村，可不就是那些歌。沒那麼多聾啞姑娘，就在自家村子裏找一些正常人來跳舞。有一回還露餡了。演完校長特別感動，說，這麼漂亮的姑娘，多可惜。這時「聾啞姑娘」就過來了：團長。

校長大吃一驚：怎麼會說話了？

團長：那個，她沒啞徹底，還能說點。

後來我們內部開會：以後只要演出，跳舞的臺前臺後都不許說話。

我在那兒待了半個月，天天演四五場，睡大通鋪，而且那個音樂實在太摧殘人了，根本不像我們想像的那種民間音樂、大篷車吉普賽那種，又愚昧又沒有任何審美，又髒、又亂，人際關係還挺複雜，就是一個小黑社會。

我唱了幾首，團長不太喜歡我這種風格，但又不太想讓我走，因為我會彈電吉他。剛開始他讓我唱英文歌，那時我只會唱〈昔日重來〉那幾首，唱完了，他就畫蛇添足地對臺下說：下面請周雲蓬用英語跟大家說幾句話！——他事先也不跟我說一聲。這，我……就露怯了。

我幹了半個多月，受不了就走了，給我開了七百多。

又回到樹村。在樹村的生活特別灰。活得不好，也不知道該幹點啥。二〇〇〇年的時候，我們這一批，小河還在酒吧裏天天翻唱歌曲，曉利也在幹活呢，還沒形成現在這樣的規模，都是各自為戰。我們現在這些唱「新民謠」的人，大部分都是從街頭、酒吧裏熬出來的。像崔健、何勇那一代，可能音樂道路比較順，直接就進入大場地演出，他們不像這一代那麼曲折，在地下繞很多年，也混不進工體和首體。他們趕上一個小的復興階段，音樂一片空白，別的流行音樂也沒有把市場搶光，他們就直接佔領了。但後來就不一樣了。

起碼是樹村這一代活得更加艱難。樂隊也多了，競爭更激烈。有時你看到北京那麼多樂隊都絕望了。而外地又來了新人，從新疆、青島來的小伙子，滿臉稚氣地拿著吉他，你就覺得：我們還沒排上隊呢，還來。只有耶誕節才是我們這些人的福音，到那天，無論你的吉他彈得好不好，都能找到活。所以我們都盼著過洋節。

住到二〇〇一年四月，我去西藏，結果跟圓明園差不多，我走不久，樹村就拆了。

二〇〇一年四月到十一月，周雲蓬開始第二次遊歷：北京——銀川——蘭州——西寧——格爾木——西藏——北京。

「昆德拉有本書叫《生活在他方》，那部小說中某個片段描寫一個人喜歡到火車站隨意蹦上一輛車，不管去哪兒，然後又隨便找個站下，喜歡在一個站遇到一個陌生人的感覺。當時在校園中看書，只覺得是精神上的一種愉悅，但是有一天，就像我去銀川，到了售票處，隨意買票，想去哪就去哪。那個時候我發現這個故事在自己身上得到印證了，我真正理解和體會到這種快樂，我明白這種快樂中也包含了幾分辛酸和痛苦。」——關於這段遊歷，是周雲蓬在接受《南方人物週刊》訪問時的一段回答。

我去西藏是一個人。從格爾木坐汽車，走兩天兩夜，走到唐古喇山口有高原反應。那時準備不充分，帶了八個冷包子、一瓶礦泉水就上了汽車。又特別擠，半坐半臥，滿車的人都在抽煙。暈車最怕抽

煙，到唐古喇山就發燒，在那曲實在扛不下去了，提前下了車，我還夢想下去就大吃一頓，以為那些地方羊肉、牛肉肯定都便宜，結果一問，比北京還貴！

下車買了瓶葡萄糖，還買了瓶啤酒。那時候精神比較結實，現在去西藏發燒肯定嚇死。住的賓館叫「草原賓館」，這裏一個叫卓瑪的服務員，介紹我去旁邊的「月光」夜總會唱歌，一天六十塊錢，還管住。住在夜總會的包廂的沙發上，晚上就把我鎖在屋裏，滿屋都是唐卡，還挺恐怖。

在那曲住了十天，又坐長途車去拉薩。在拉薩待了半年多。也是唱酒吧，唱歌的酒吧，我記得布達拉宮廣場邊有個酒吧叫「格桑花」，西郊那個叫「新起點」，朗瑪廳（藏族歌廳）裏報幕的全說藏語，啥也聽不懂，嘰里呱啦說一通，最後一句：到你啦。就上去唱。一場先唱五十分鐘，歇會，再唱五十分鐘。很累。

逛酒吧的人愛好都差不多，還是唱羅大佑、英文歌。一場一百塊左右，一禮拜唱三場，平均下來還可以。在酒吧旁邊租一間藏民的小房子，一個月一百五十塊。

住了半年，又不安分了，想走滇藏路，徒步到昆明去。那時攢了一筆錢，大概有兩千塊，我跟一個朋友結伴，他推著自行車馱著行李。晚上有帳篷，不是買的，是找個裁縫店，找了些塑膠布縫起來的。但我們那個太不專業了，晚上刮個風就倒，我那個朋友特別愛省錢，什麼都想省。他也是唱酒吧的，喜歡唱Beyond。

我們每天晚上在路邊支帳篷，白天徒步。後來我們要去看羊卓雍錯湖，它在拉薩去江孜那條路上，

海拔近五千米，要翻過崗巴拉山。我們問藏民：大概還有多遠？「很近，一會兒就到了。」但他們的距離感跟咱們的不一樣。走到天黑還沒到。兩個人在半山腰，推個車子，身上就只有四個冷包子，一瓶小二鍋頭，又下雨，饑寒交迫，就地睡下。帳篷根本不頂事，都濕漉漉地糊在臉上。

第二天我快累死了，還有高原反應，快到山頂，遇到一輛修路的汽車，把我們拉到山頂。終於到頂，但是對聖湖已經沒興趣了，就想趕快找個地兒吃東西。最後找了個地兒，給我們端上來一大盤羊肉，藏民還挺老實，跟我們說是好幾天前的，管它有沒有味兒，反止吃得挺香。

又走幾天到了澤當，我說住旅館吧，朋友想省錢，找了個書店的二樓的陽臺。因為在屋簷底下睡，也沒支帳篷，睡了一夜，第二天起來吉他就不見了。我們的計畫也就破了產。

報警，沒人理我們。我分析小偷肯定以為這琴就值一兩百塊錢，琴對他沒什麼意義。我貼一個廣告，說撿到琴給他二百塊錢，保證他送過來。我們就貼了一個漢藏雙語的廣告，過了兩天一個傢伙找我們，我估計就是他偷的：「你，琴丟了，是一個黑社會老大拿走了。但是，你不能跟他們見面，兩百塊錢給我，我把琴帶給你。」琴找回來了。但這樣就耽誤了很多天，而且還損失了一大筆錢。後來只好回到拉薩，繼續唱酒吧。再唱，心情就散了，想趕快回到北京。想北京了。

藏族人比較單純，你看坐長途車，他們總是坐著坐著就一起唱歌。漢族人就老是擔心：路這麼險，可別掉下去了。我到西藏去，在山裏，隔得很遠都能聽到他們唱歌。大昭寺頂上很多女人一邊幹活一邊唱，特別高興。勞動對他們來說是一種表演，一種愉悅。

藏族人身上有一種魅力，很陽光，很單純，很憂傷，也很凜冽。西藏有種特殊的味道，等我再去一聞就知道到西藏了，是酥油、藏香，還有牛糞加起來的味道。我特別有西藏情結。去過兩次，但只是九牛一毛，去的只是中心地帶，偏遠一點的都沒去。

其實，我那次去西藏，也不是真正去西藏。是在北京失戀，想走得越遠越好，走到銀川，還不夠，又走到蘭州，還不行，感覺北京還在身後隱隱地有引力，又走到西寧，才意識到，喲，快到西藏了，那就去一趟吧。

去西寧是想去青海湖，為了看青海湖特意在一個小站下了車，那個站叫哈爾蓋。人在失戀那種狀態下，是破罐子破摔，給你個什麼就是什麼。我在哈爾蓋下了車，離青海湖還有十幾公里。那個地方真荒涼啊，就一個旅店，一個飯店，別的啥也沒有。

繡花繡得累了吧牛羊也下山嘍
我們燒自己的房子和身體生起火來
解開你的紅肚帶灑一床雪花白
普天下所有的水都在你眼中蕩開

沒有窗亮著燈沒有人在途中

我們的木床唱起歌兒說幸福它走了
我最親愛的妹呀我最親愛的姊呀
我最可憐的皇后我屋旁的小白菜

日子快到頭了果子也熟透了
我們最後一次收割對方從此仇深似海
你去你的未來我去我的未來
我們只能在彼此的夢境裏虛幻地徘徊
徘徊在你的未來徘徊在我的未來
徘徊在水裏火裏湯裏冒著熱氣期待
期待更美的人到來期待更好的人到來
期待我們的靈魂附體重新回來
重新回來重新回來

——周雲蓬，〈不會說話的愛情〉

「我自己特別喜歡這首歌。這首歌有一種作為人的宿命感，它的最後幾句，『期待更美的人到來

期待更好的人到來』，這是直抵內心的。但我們用歌表達出來反而沒那麼殘酷，它化解了一些東西，不再是你傷害了我，或我傷害了你，這是藝術的魅力，它超越了愛恨、善惡，讓我們不思考誰是對的，誰是錯的。」

——小河

〈不會說話的愛情〉這首歌，第一張專輯錄的時候，還沒寫，但第二張《中國孩子》又不適合收進去。具體我也弄不清它是哪年寫的。剛開始是有段旋律總在腦子裏，可能是下意識，後來才想，填個詞吧，一點點、一段段地把這個詞填進去。我看過《詩經》裏有句話：牛羊下山。然後接著就寫下去了。二〇〇〇年我正談戀愛，有個《東方時空》的記者偏要做個專題：一個盲人跟一個女大學生談戀愛。女朋友不太願意，但那個人特別熱情，說不報你們的愛情，就報你們的生活，就拍她做飯，我去演出。拍完電視臺一播，大標題叫「愛在冬季」，副標題是「一個盲人和一個女大學生的愛情故事」，他們家看到，她媽就急了：這可活不下去了，所有的親戚都看到了。——我發現《東方時空》看的人還挺多，本來還不知道我們的關係，現在都知道了。

她也是在地鐵裏認識我的。那時她在農大上學，我們在地鐵裏唱歌。她挺有俠氣：走吧，別唱了，我請你們吃飯。去了旁邊的「馬蘭拉麵」，她還請我們喝二鍋頭。

後來就經常交往。那個姑娘讀的書特別多，對我整個寫作影響很大。我過去寫作特別緊，英雄主義

的東西特別多，特別大而空。但她給我推薦了很多作品，比如斯特林堡的《鬼魂奏鳴曲》，尤內斯庫的《國王正在死去》。她自己也寫詩，寫小說。那時她寫得比我好得多。

樹村的那一年，我沒寫文字也沒寫歌，狀態特別不好。那時我沒電腦，每次寫都要口述，都需要別人在場，你說多彆扭。生活上比較焦灼，音樂上也沒有什麼出路，反正就是苦悶。

那時我去學校裏賣唱，有時被人轟出來，回家後，兩個人又要吵架，那種生活……後來她天天複習，想考清華的研究生，考到前三名，分還挺高，但面試沒通過。加上電視臺給我們拍的片子播了，她媽找了個律師跟我談判，她也很焦灼。總在那種環境裏，又沒有錢，人變得脾氣也不好，所有浪漫都磨沒了，又加上這件事，我們就分開了。分開也不是一下子分開的，我說我去寧夏，大家都考慮考慮。路上也經常打電話，我在銀川住在一個體校裏，走廊盡頭有一個插卡電話，我總在那兒給她打電話。半夜只要聽到電話響，就跑出去接，以為是她給我打電話了。

可能她也想過另外一種比較幸福的生活。後來我看她寫的文章，說她厭倦了那種在搖滾圈裏走來走去的生活。

因為這個，我去了西藏，越走越遠。

這首歌整體的情緒屬於那個時候，在樹村的小房子裏，一起做飯、吃飯，說不上愛，也說不上是恨。後來我們沒再見過。她考了北大中文系碩士研究生，結婚，做出版，我們有交叉的朋友，所以都知道。但沒有再見面。互相也不見了。

這就是，這歌就是一個副產品，那麼多經歷，那麼多故事，最後變成一首歌，但它們的目的並不是變成一首歌，它們是沒辦法了。你要知道那些經歷是為了一首歌，你非氣死不可，你才不願意去寫。你會想，別寫那首歌了，寧願經歷好一點。都是陰差陽錯，一種情緒，漚著，排泄不掉。

其實那段對我的幫助特別大。寫東西舒暢了些，做人也低調了。以前做人，特別大而無當，我辦《命及鬧》那個階段，在裏面討論的都是宗教、虛無，那個階段，思想還沒有落實到生活裏。戀愛的這種痛苦，會讓人落到地面，精神回歸到肉體。

第三章　音樂降臨

「可能需要生活把你的殼一層層弄掉。」

——周雲蓬

現在，經常跟周雲蓬、小河這些名字一起出現的一個名詞是「新民謠」，按照普遍的說法，「新民謠」是隨著二〇〇一年三里屯原創音樂基地「河」酒吧的誕生而出現的。在「河」裏演唱並且獲得自己第一批粉絲、第一張專輯的歌手有小河、萬曉利、王娟，甚至包括並不常去演出的周雲蓬。二〇〇三年，「河」酒吧轉讓，按照樂評人顏峻的說法，「一個時代結束了。」但同時，「新民謠」的這批創作歌手，卻漸漸進入公眾視野。

「河」之後是「無名高地」，它每週有「民謠日」，這種固定持續的演出，讓周雲蓬得以確定自己能夠靠音樂為生。二〇〇七年，「無名高地」關門。但此時的「新民謠」諸將，已經成為國內大大小小音樂節的常客，「他們的名字甚至出現在主打歌星的名單上，那意味著他們可以拿來做廣告賣錢了！」——在《南都週刊》二〇〇七年十月的一篇名為〈北京民謠舉起大旗無限可能剛剛開始〉的文章中，撰稿人和小宇敏銳地提到這一點。

在「新民謠」的陣營裏，我們能清晰地發現，這群人都曾在全國各個城市之間遊蕩，大部分來自底層，沒有高學歷，從事過各種包括體力勞動在內的底層職業，即使在做音樂之後，也有很長時間唱酒吧的經歷，他們管這個叫「幹酒吧」，或「唱拷貝」。例如，在實驗音樂上有出色表現的小河，在軍隊裏幹過炊事班，一九九四年來北京後做過清潔工、保安、琴行工作人員；「野孩子」的張佺，曾做過長途汽車售票員、油漆工，並曾在四川、西藏等地的歌舞廳打工；萬曉利曾經是酒廠工人；張瑋瑋曾做過小學音樂老師、售貨員和酒吧服務員。周雲蓬一九九五年來北京，二〇〇四年發行第一張專輯，這中間的十年，**他像唱「新民謠」的其他人一樣，過得窮困潦倒，顛沛流離。你能從他們後來的音樂裏聽出他們曾經的生活，那是一種肉身直接與生活的鋒芒與粗糙相摩擦的感覺，以及由此產生的真實的生命體驗，真實的溫度。**無數的經歷變成一首歌，它必然是不夠光滑，不能順暢被消費的，這特質阻礙它們變得更加流行，但也使它們更深地通入另一些人的心中。

錄第一張專輯前，周雲蓬有兩三年過著居無定所的日子。西北旺、草場地、通縣……因為住得遠，

他很少去小河、萬曉利他們常去的「河」酒吧演出，而唱商業酒吧，COPY老歌，他是無論如何也不願意了。周圍一些朋友做起了書商，他也能拿到一些活，比如，把《上下五千年》改成給小孩看的書（而他小時候最痛恨刪節原著的人），看上去，他好像已經不想做音樂了。

現在看，那時他正處在一個拐角，老路全都堵死，只在等待一個新世界的到來。那一段他喝酒喝得厲害，喝到一定程度就不記得後面的事情。

「他喝醉了，一屁股坐在門前冰冷的水泥地上，死活不肯進屋，還用盲杖狠敲著地面，一遍遍地狂喊：『要麼握手，要麼絕望……要麼握手，要麼絕……』」

——沙漠舟，〈親愛的苦難〉

錄第一張專輯前我住通縣，那時候，唱歌一直都沒有管道，就想做書。那時我有電腦了，感覺這個謀生比較容易。

二〇〇二年到二〇〇三年年初，接過一些《上下五千年》、《三國演義》之類的書，改成給小孩看的，每一句或者隔幾句就要改，很麻煩。那時身邊有朋友做這些事，它不像做原創，原創要找書稿，要處理版權，這個一千字給你二三十塊，錢也不會特別高，它就是不過腦子，體力勞動嘛。但時間長了也覺得累，因為改通順了也不容易。最難受的一次是接了一個保險條例的書，特別枯燥，你改，必須得把它看懂啊，就一條條看，還有一些案例，全是王老頭高血壓如何如何，看得人……這還不如唱歌呢。

改書拿到過錢，但不多，像保險條例那個，本來就少，還說改得不好，只拿到一半的錢，大概是千字十五或是十塊。那時候主要還是想生活能改善些，想多掙點錢，無論是租房子還是幹什麼都好一些。為什麼不唱歌了？那時基本上還是在商業酒吧裏，幹煩了。因為很多人在酒吧裏是聊天，聽一耳朵繼續聊，唱歌意義不大。而且到酒吧裏的人，說的都沒一句真心話，我有時在臺上側耳傾聽一下，全是：昨天又喝多了？你覺得女人的感覺和男人的……天哪。你老在酒吧裏唱，就覺得生活太絕望了。

我有過一陣自戕型的生活，就是在二〇〇二、二〇〇三年。有一陣住北皋草場地，去通縣看一個朋友，喝到晚上，突然想走。打車需要七八十塊錢，身上還沒有多少錢。朋友攔不住，打個車，到三里屯又不想走了，我也不知道自己想幹嘛，好像想逛逛酒吧？那時已經半夜兩點鐘，也沒什麼酒吧開門。又打了個車，到北皋已經是早上五點，弄得渾身疲憊。那段時間就是酗酒，也沒別的事幹，吸毒也找不到啊。

二〇〇三年年初，小河找我，「摩登天空」要出一張拼盤，很多人不願意錄，因為一首歌一千塊錢就給你買過去了，就找我試試。我錄的是〈我聽到某人在唱一首憂傷的歌〉，那是巫昂的一首詩，被我改成了歌。那首歌很簡單，小河打架子鼓，我唱，就錄完了。算是第一回灌唱片。正好那天是愚人節，我們錄完在飯館裏吃飯，外面還下點小雨，有人說：張國榮自殺了。我說，愚人節吧。小河說：其實你的錄音也是愚人節，其實我們沒錄，都是假的，我蒙你的。

過了一兩個禮拜，「摩登天空」可能覺得我還挺有市場，打電話問能不能錄張專輯，是唱片約，他

們出五千塊錢買斷，價錢很低廉。但那個時候我們還以為出唱片必須進入某個公司，他來幫你推廣發行，你才能出。於是就簽約，錄音。

錄專輯正趕上「非典」，那時我住通縣，公司在西三環花園村，每天先坐938，再坐地鐵，到公主墳倒個車，路上要兩個小時。路上人很少，我知道有「非典」，但那時錄音壓倒一切，出專輯心裏比較興奮，哪還管它非典不非典的。為了充實那個專輯，後來又寫了〈盲人影院〉、〈沉默如謎的呼吸〉，都是過去有旋律，但沒有詞，都在那個時候填了詞。

那是第一次進錄音室，平常唱歌不太嚴謹，到那裏就覺得有缺陷，比方說節奏，不像在酒吧能混過去。那個專輯整體錄得比較緊，可能是第一次進錄音室，心態不放鬆。六七月份錄完，剛開始還當回事，老問，後來老沒消息就忘了。二〇〇四年，專輯在「九•一八」那天發行。在新豪運開了一個首發式，還有「花園村」的兩張專輯一起。發完就完了，也沒有投入更多宣傳，所以都是在網上慢慢地流傳。那時也還沒有到外地演出，所以唱片出來也就那麼回事。

二〇〇三年到二〇〇四年之間不記得幹了些什麼，沒有大的收入，像幾千塊錢那樣的我肯定印象深。可能都是零碎的收入。

二〇〇四年年底，小河、曉利，我們仨去上海，那是上海的「頂樓馬戲團」找了一個畫廊辦的。那次演得不好，我不知道原創該怎麼演，還像在酒吧裏一樣演出，但其實又不一樣了。小河他們挺好，因為他們已經在「河」酒吧裏鍛煉了一兩年。上海演完心裏挺鬱悶，你搞演出，琴的技術又不好，唱

歌也不好，而且演出費很少，連火車票都不夠。那時從北京到上海，最便宜的硬座是七十塊錢，來回一百五十，慢車，二十多個小時。到上海就住在朋友家，所有人都擠在一起。

一直到二〇〇五年，在「無名高地」固定演出，才「一點點確定可以靠音樂生活」，從那一年起，他的演出多了，看他演出的人也多了，他的第一張專輯《沉默如謎的呼吸》在錄製兩年之後、發行一年之後漸漸流傳到了該聽到的耳朵裏……在長時期的混亂、模糊、猶豫不決和搖擺不定之後，命運終於變得清晰。

二〇〇七年，周雲蓬獨立製作發行第二張專輯《中國孩子》，製作人是小河，地點是小河家，抽他給電視劇配樂的空，花半個月時間錄完。他們的音樂理念截然不同，但小河喜歡他的音樂，「他作品裏面有一種真實，你能聽到他每個和絃都是他想出來的，所有的過門都是出於最真實的感覺創作出來，而不是他有一個模式，或者他學習什麼模仿出來，那種東西不容置疑，是他的血液到了，和絃才換，或是他的心情換了，節奏才變。」文案是周雲蓬自己寫的，最後一句如此寫道：「**音樂不在空中，它在泥土裏，在螞蟻的隔壁，在蝸牛的對門。當我們無路可走的時候，當我們說不出來的時候，音樂，願你降臨。**」

《中國孩子》成為「《南方週末》二〇〇七年度音樂致敬入圍作品」，二〇〇八年五月，周雲蓬被《南方人物週刊》評為「二〇〇八年青年領袖」，入選理由如此說：「**在《中國孩子》中，這位盲人歌**

手以刺痛人心的高音擊中了刺痛人心的現實。」

二〇〇五年，我演出的重大的轉捩點，是去「無名高地」。在「河」酒吧之後，「無名高地」又搞原創音樂。一般來說，他們都先找小河，他老推薦我：老周好，你找他唱。有的人聽過後就不置可否，有的人礙於面子就叫我多去幾次。但在「無名高地」算是紮下根了，從二〇〇五年一直唱到二〇〇七年它倒閉。那時有個民謠日，我和東子、王娟、小河，誰有空誰去，剛開始時一百，後來漲到一百五十。那時我住香山，唱完回家，打車要五十到六十，一場剩一百塊錢，香山的住處房租是一百八還是兩百，生活也挺拮据。不過那種現場很鍛煉人，經常練，就一點點進入它的狀態。

在「無名高地」唱了兩年，一點點確定可以靠音樂生活。二〇〇六年，自己又想出專輯，因為跟「摩登天空」有過約定，一簽兩張，我就做了個DEMO，給「摩登天空」。他們一直讓我等，等一個月，兩個月，推到二〇〇七年年初。後來我想，是不是不願意出啊，我想還是自己出吧。我就去小河家錄音，他家有個小型的電腦加音效卡的設備，算是個小的錄音室。那時正趕上小河接了個電視劇的活，我就住在他家，抄空兒，上午他給電視劇配樂，中午有兩個小時：來，錄一段。下午他再忙別的。這個專輯都是這麼抽空錄的。但好在小河對這些歌都比較熟，錄起來比較容易，不需要磨合。

那是四月份，五月份是「迷笛音樂節」，我們就想趕快出了，拿到音樂節上賣。錄音的時候，也有很多突發的靈感。像〈懸棺〉那個歌，前後有兩段，過去總接不好，連不到一起

去。錄音時不斷地想，後來小河先唱了一句，把後面連上來；還有〈如果你突然瞎了該怎麼辦〉，那本來是一首詩，設想了無數種極端的回答。有一段，是小河念的「我要去梅里雪山，進入天坑，去藏北無人區，以凋零殘破的人生來一次輝煌的豪賭」，那個背景像是在一個卡拉OK裏，有好多人的掌聲，還有好多人叫好，其實都是我們倆鼓的掌，自己叫「好」、「牛×」，然後不斷複製，搞成很多人的樣子。

起名字也很費周折，剛開始，小河起了一個「飛機門」，我說，飛機門跟唱片沒關係。「有關係幹嘛，就這個挺好。」後來想想還是不好。我想了一個，「不要溫和地走入那個涼夜」，就是封面那首詩〈怒斥光明的消失〉的標題。小河說「太拗口了，誰記得住」。我想，是挺拗口的。後來小河就說，算了算了，就叫「中國孩子」吧。這樣比較簡單，也一目了然。文案是我寫的，找了在北大教學的老美江克平，幫我翻譯成英語。

錄音有時會很焦灼，但一旦打通了，就很快樂。尤其是很默契的兩個人，理念差不多地一起錄音，我覺得比你唱十幾二十場都有長進。四月份錄完就去申請版號，剛開始接觸的出版社說，歌曲太灰色，太現實。後來又找了幾家，最終蒙混過關。當時軋盤已經來不及，我自己刻了五百張。四月三十日，我在「無名高地」演出的最後一場，那張碟剛弄完，直接運到現場，當場賣了十八張，我覺得已經很多了，有個光明的開始。

二〇〇七年「迷笛音樂節」第一次設立民謠舞臺，那一年有李志、小娟等，算是唱「新民謠」的這

些人的一次集體亮相，我以為「迷笛」也賣不了多少張，就帶了四十張專輯，唱完全給賣光了。

來「迷笛」的大多數是各地來的喜愛音樂的小孩，好多時候我到外地演出，總有小孩說：我在「迷笛」上看過你的演出。它的推廣效果很好。但音響就一般了，頭天他們搞噪音演出，把一對音箱弄壞了。但是氣氛好。我演出是六點多，太陽下去了，人們坐在草地上，天氣涼爽，你還沒唱，他先把自己感動了。那時那些歌還沒放在網上，可能第一次聽更震撼些，後來我就看到這些歌開始在網上傳播。

《中國孩子》錄完後，周雲蓬開始在近三十個城市進行了四十餘場「全國巡演」，沒有企宣，沒有「打榜」，沒有經紀人開道，他就是他自己的經紀人、樂手、歌手和唱片推銷員，他的演出地點不在萬人體育館，而是每個城市裏那些或赫赫有名或默默無聞的酒吧，包括南嶺森林公園社區禮堂這樣的社區公共空間。他的歌，讓人們知道的方式也是這樣，在一個酒吧一個酒吧之間，幾十人，上百人，遲疑緩慢地流傳開去。直到二〇〇七年年底，全國巡演結束，他也只賣出去近三千張碟，但對於地下音樂來說，銷量已經好到不行。

從這次巡演開始，因為有賣碟和演出的收入，他坐火車可以買臥鋪了，如果有演出報銷路費甚至還能坐飛機。但即使是在二〇〇七年，他去西安巡演仍然有睡在地上的經歷，因為誤了火車改簽到站票，後半夜他困得不行，索性躺到過道裏睡起來，一邊睡一邊感覺不停有人從他身上跨過去，走來走去。

「身形高大，面容粗糙，戴墨鏡，跟人交往的時候很退讓，甚至有種讓人不要覺得他存在的意思

在。跟他談文學，他很少說『我喜歡』，只問，『你看過……嗎？』這個和生活遭遇有關。被重創過的人，知道自己的痛苦和別人沒關係，索性把能關的都關掉了。不訴說，不謀取同情，連自己的存在感都竭力抹殺……去年（二〇〇七年）來的時候，已經算很有名了吧，好多人圍著他，熱烈地說話，他啥都不說。他坐的地方，像陷下去一個角落。」

——作家韓松落描寫他見到的巡演中的周雲蓬

那時我想，因為是自己出的專輯，要多演出推廣，我就制定了一個全國巡演計畫。都是當初自己旅行的線路。高中考地理我是滿分，等我巡演時，就發揮了這個長處，從一個地兒貫通到另一個地兒。第一次，先去濟南、南京、上海、無錫、杭州，反正都是京滬線上的。第二次是京廣線，武漢、長沙、廣州、深圳。第三次是西北那條，西安、銀川、西寧、敦煌，因為巡演你要計算清楚，不然要花很多錢。你先去上海，再去拉薩，這就不划算了。

巡演不是一次弄完，是先去四五個地兒，比如說，先去東南，完了回北京休息一下，再去中南。去一個地方，隨身帶著碟，比如去上海，帶了一百張，上海賣五十張，無錫賣四十張，到杭州就沒有了，就讓朋友從北京快遞。

後來它成了一種資源，有人要到外地演出，就先來問：老周，這個東南有啥酒吧？怎麼樣？你就建立一個關係的網路了嘛。我就把老闆電話給他們，因為你第一次巡演效果很好，就變成良性循環，再介

紹朋友人家就會很歡迎。這次巡演是三十個城市，但演出的酒吧更多，大概有四十多家。比如像成都，就演兩個酒吧。

巡演結束，用句套話，更堅定了我做音樂的信心，能把它當成職業，解決生活的問題，就不用老幹別的。也摸索出了符合中國國情的音樂方式，就是暫時不考慮唱片公司，就靠自己，一邊旅行一邊演，就當玩了。現在發現，它跟過去我喜歡旅行的生活方式結合在一起了。

巡演每一場賣的唱片都挺多的，比如在上海，門票我就分了五千塊錢。加上專輯賣了四五十張，一共拿到六千多，高興！興奮！因為過去一場也就二百塊。

路費沒問題，坐火車嘛。我一個人，頂多有個人陪著我，也就兩個人。現在坐火車就坐臥鋪，坐硬座就受不了了。後來也有了竅門。比如我去南方巡演，我就回北京等著「雪山音樂節」，它可以報銷飛機票，直接飛到雲南。我去麗江參加完音樂節，從雲南往回演，就省了去的路費。每年都有一些大的音樂節，這樣你就能省很多路費。這都是一些捷徑。

去麗江是一個人，演完，拿了錢，從麗江去大理、昆明。流程是這樣的：到昆明，找個朋友接我到賓館，陪我去演出，幫我買張火車票，我把錢給朋友，他把我送上火車。下一站再有人來接，像接力棒一樣。每個城市都能找到人，有的是別人的朋友，但演過一次，就很熟了。

從昆明去貴陽、陽朔、長沙、武漢。我特別喜歡一條線路，是三峽那條航程，從宜昌坐船到重慶，重慶到成都，正好又趕上一個「廣東根據地音樂節」，給我報銷了飛機票，從成都飛到廣東，又從廣東

演到深圳。

最後是福建，廈門、泉州、福州，人挺熱情的，看演出的人也很多。一圈走完，又回到大理休息。

後半程這一圈都是我一個人走的。那時我想，過去我出去都是一個人旅行，但後來生活好了，都是別人陪著我。我這次想試試，摔倒了，還能不能自己一個人爬起來。雖然周圍都有朋友接送，但聯繫演出、旅行巡演，都是一個人完成的。

回到雲南後，大概賣了三千張碟。地下音樂銷這麼多算挺好了。

印象深刻的有上海，那時《中國孩子》剛出，上海反應很快，我一唱，他們都會唱：〈黃金粥〉、〈中國孩子〉，才剛出一個月，唱片還沒到呢，而且氣氛也很好；成都那一場也好。「小酒館」被稱為搖滾聖地，那一場進來三百人。唐蕾經常做演出，她看一眼就知道有多少人，她就站到門口，勸後面的人回去，進不去了。

廖亦武、冉雲飛都是在成都認識的。像冉雲飛，對搖滾樂他就知道崔健。我在成都演出，他們都去，然後就認識了好多這些……包括牛博網的朋友。

不要做克拉瑪依的孩子，火燒痛皮膚讓親娘心焦
不要做沙蘭鎮的孩子，水底下漆黑他睡不著
不要做成都人的孩子，吸毒的媽媽七天七夜不回家

不要做河南人的孩子，愛滋病在血液裏哈哈地笑
不要做山西人的孩子，爸爸變成了一筐煤，你別再想見到他
不要做中國人的孩子，餓極了他們會把你吃掉
還不如曠野中的老山羊，為保護小羊而目露凶光
不要做中國人的孩子，爸爸媽媽都是些怯懦的人
為證明他們的鐵石心腸，死到臨頭讓領導先走

——周雲蓬，〈中國孩子〉

從第一張專輯《沉默如謎的呼吸》的詩意瀰漫，到第二張《中國孩子》的濃烈的批判現實基調，周雲蓬的音樂風格有明顯的轉變。《中國孩子》為他贏得更多的掌聲和關注，但也有人更喜歡他最初的抒情和詩性，離現實沒那麼近的「不合時宜」之作。**詩人和吶喊者，向內觀看和對外發聲，痛苦悲涼和對這悲涼的調侃，這兩條道路在他身上時而交錯時而並行。**他評論朋友張佺的現場：不煽情，不溫不火，無求於觀眾，他也承認自己並非如此。他容易被觀眾感染也容易感染觀眾，所以很多人說他的現場比唱片更精彩。他或許喜歡這種上千人如同在一個波浪裏的興奮感，但他同時也警惕不要被公眾慣性牽著

走，不要使音樂淪為工具。這或許就是他所說的：「我喜歡永遠保持矛盾。」

我的很多歌都是在酒吧裏不斷演出成型的。幾首點唱率最高的歌裏，〈九月〉是最早的。當年我們在圓明園時，有個朋友叫張慧生，比我大兩歲，是八十年代那一撥的吉他手，好像還在侯德健的「花果山」樂隊彈過吉他。他特別喜歡羅大佑，喜歡唱〈未來的主人公〉、〈亞細亞的孤兒〉。他家是北京的，有一年國慶，北京清理外地人，好多圓明園的朋友都躲進他家。平時我們也經常去他家聚會，那時他就說他把海子的一首詩譜成曲，有時就給我們唱，就是〈九月〉。二〇〇〇年年底的時候，我在北大草坪又見到他，在唱歌，我們就聊了一會。再後來，大概是二〇〇一年他就去世了。

後來有時回憶起這首歌，沒有現場錄音，就靠記憶一點點想起來，他原來是F調，我改為G調，第三部分改動比較大，使整個歌曲更高亢，跟以前可能有很大出入。剛開始唱也不是現在這樣，是不斷地演出，不斷地打磨，越來越成型。做前兩張專輯時，感覺還沒打磨好，沒有收錄，也許第三張專輯會收進去。但它做成小樣，在網上有，所以在現場點唱率最高。

這首歌是講死亡的，春生秋殺，生也很茂盛，死也很盛大。海子跟張慧生都是自殺，這首歌承載了兩個人的死亡，它賦予這首歌以時間感。就像民歌，它不是當下的，是無數代人用他們的生活和悲歡打磨出來的。你當下是一個人在唱，但感覺它裏頭有很多人的靈魂。〈九月〉雖然不是民歌，但有這種特質，這歌裏有很多人的影子和心血，有一種從過去來的、生長到現在的時間感，它不是憑空出現的。

〈盲人影院〉首先是一首詩，收在我《低岸》的第一輯，是二〇〇二年寫的。最初我看卡夫卡談話錄時，他說布拉格有個盲人影院，我覺得挺有象徵意義，就寫了這首詩。後來要出第一張專輯，歌不夠，我有一段旋律，填什麼詞都覺得做作，我把〈盲人影院〉改為敘事，填進去試試，越填越順手，就一路寫下去。它有一定北方曲藝的敘述模式，唱一段就有一段過門，這段過門是用我跟同學借的，一個特別老的、五百塊錢的電子琴彈的，音色特別老舊，很直白。但其實這不是一個講故事的歌，那時在看波赫士，他的小說裏，人總是活在想像中。〈盲人影院〉是寫一個孩子的幻想，但最後你發現，他一直還在盲人影院裏坐著，沒有到處走，沒有愛過一個姑娘，那些經歷和傳奇都沒有發生過。其實這些都在我身上發生過，但我不想把它寫成一首自傳型的歌，因為有很多跟我一樣的人，他們可能也想流浪，也想彈琴，但最後什麼也沒做。其實，可能這兩種旅行的方式是一樣的，一種是通過想像，一種是通過身體，但最終都是歸結於一種主觀的印象。作為我來說，就是歸於聽覺，歸於主觀虛幻的印象。因為我也摸不到雪山到底是什麼樣的。

〈中國孩子〉先是有一段旋律，我總彈它，拿它當練習。歌詞是早就想寫的克拉瑪依這件事，後來觸動我的是看了任不寐寫的一篇關於成都女孩李思怡的文章。想寫，又覺得這首歌比較大，沒處下嘴，後來想到第一句，「不要做克拉瑪依的孩子」，從否定的角度入手，這是整首歌的脈絡和動機，克拉瑪依這個詞本身不是漢語的詞，它使這個句子有了音樂感。對我來說，歌曲的第一句特別重要，它是這首歌的基調和命運，剩下的就迎刃而解。

最後一句也卡了一下，最早寫的是「大難臨頭讓領導先走」，總覺得不舒服，想了很多詞，後來想到死到臨頭，才覺得一吐為快。就是這種最直接、最有質感的詞，它們是可以觸摸到的、有硬度的，換了「大難臨頭」或者其他的詞，再多一層修飾、轉彎，就不如這個詞觸覺上更有硬度。

兩張專輯當中音樂風格的轉變，最外在的原因是因為不斷的現場演出，除了詩性的歌曲，還需要一些跟現場觀眾有共鳴的歌曲。同時，二〇〇三年以後，我寫詩越來越少，心理有一種轉變，詩性的東西轉變成一種更加淺白、現實的語言。當時我特別喜歡美國的敘事型民謠，用瑣碎的細節描述普通人的生活。從前理解，寫作和音樂都是高於日常生活的，但後來我認為，無論歌還是詩，都是日常生活的流露。你看我過去的東西很少有幽默，其實我生活裏還挺幽默，二〇〇四年以後，幽默在我的音樂裏復甦了。另外，那幾年個人的生活態度也更放鬆，可能是經濟壓力不像以前那樣大，精神上就自由一些，不再是過去那種兩極性的思維。還跟住在香山有關，它有樹，有山，自然環境很好，把我過去生活裏黑暗的東西消解了很多。

二〇〇八年十月，周雲蓬憑《中國孩子》獲得「第八屆華語傳媒音樂大獎」頒發的「最佳民謠藝人」、「最佳作詞人」兩個獎項，「最佳作詞人」是從林夕和黃偉文等大牌詞人中突圍而出，為內地音樂人首度拿下此獎。談到這件事，他說：本來以為會頒獎，正好可以到廣州演出，一路演回來。結果今年不頒獎，樂評人邱大立問我：獎盃怎麼給你？叫個快遞？所以，將來有一天，我可能會從一個快遞員

手裏接過這個獎盃。

《中國孩子》這個碟的受眾面，還是皆大歡喜型的。我去廣州，很多樂評人是勢不兩立的，你喜歡這個，我偏討厭這個。但大多數人在這張碟上達成了共識。它跟現實生活有關，算是拓寬了一些民謠的受眾群。

但是，人應該時刻警醒，不要為了一個角色而騎虎難下。前一陣，《聲音與憤怒》的作者張鐵志來，他認為，大陸有必要出現憤怒、抗議型歌手，我跟他說，這些音樂，還是越少越好。我更主張大陸出現小花小草類似卡其社、蘇打綠這種。像大陸這種土壤，就別老出現很大氣、很公眾型的歌了。我們的根源在於缺少個人主義，這是一個最基本的公民社會的土壤，而不是又出現一個偉人、英雄。

這種歌的反應熱烈，原因是很複雜的，聽眾喜歡它不見得只是因為音樂，可能是你替他把某種不滿發洩出來，公眾需要你「再來一個，再罵得狠一點」。但你是不是老真心那麼憤怒，還是沒事找事。中國你要想找茬，太多了。比方說四川地震後，有很多校舍倒塌，很多朋友問我：老周，〈中國孩子〉這首歌是不是專門為四川孩子再續寫一段？我想我又不是郭沫若，才思沒那麼敏捷，我首先看重的是音樂的審美，而不是過分應景。所以也警醒自己不能進入一種公眾的慣性中。音樂的本身就是音樂，其他像公眾性、教育性、道德性，都是附帶品。像詩歌本身就是詩歌，它可以承載道德，也可以不承載，但第一性是詩性的。音樂也是這樣，不能把它淪為一種工具，你要分寸把握不好，就變成特別左派的革命歌

曲、宣傳歌曲，三十年代這種歌很多。那個年代，大家一聽〈大刀進行曲〉，就覺得：這歌太好了，一聽周璿：你怎麼還在唱著靡靡之音。就像我們現在貶低小清新，你可以不喜歡，但應該尊重他們。他們培養了一大批個體的土壤，有這個土壤，將來我們才可能唱我們自己的歌。

現在我有時候想，先把〈不會說話的愛情〉錄成一個單曲的專輯。〈不會說話的愛情〉是一首牧歌式歌曲，如果傍晚在山谷裏錄，感覺，氣氛都特別好。我正滿腦子收集地圖想哪兒有山谷，或者是大的教堂，或廢棄的老屋子。在鹽井，雲南、西藏交界的地方有個藏族天主教堂，每個禮拜藏族人都在那兒唱讚美詩，音場還挺好的。或者是鐘乳石那種山洞，最好裏邊還有滴水的聲音。再錄一個小河的版、一個錄音室版，我還特別喜歡客家話，想請客家女孩唱一個版。

之後，我還想出一張專輯，已經選了幾首歌，比如原曲是蒙古民歌的〈北京，北京〉，〈錢、錢、錢〉是「碎瓜」的旋律，七月十六日在「愚公移山」唱過的那首〈尋找童工〉，來自菲律賓的一首民歌。專輯的另一部分是我選取古詩譜曲的歌，有孟郊的〈遊子吟〉、杜甫的〈聞官軍收河南河北〉……還會有〈春有百花秋有月〉、〈黑牛奶〉、〈堵車〉、〈散場曲〉，等等，專輯先說這麼多。

第四章　每個人是一個星系

「認識一個人就好像認識一個星系，當你離開這個人的時候，就意味著離開這個星系。」

——周雲蓬

如果按少裏算，一年搬三次家，他在北京至少也搬了三十多次家。而從九六年起，他以北京為中心，在全國遊歷的次數恐怕連他自己也數不清。動盪不僅讓他熟悉了龐大北京、龐大中國當中遼遠的邊邊角角，也讓他與無數畫家、歌手、詩人、混混、員警等形形色色的人相遇。多年的遊歷、一個又一個的星系，那麼多的人的名字、那麼多的命運，他既是親歷者，也是旁觀者，它們儲存在身體裏，生長，發酵，等待被復甦。

最後一次採訪時，出乎意料，周雲蓬主動說：「這次來談談愛情吧，怎麼能沒有愛情呢。」

「（特教學院）在北院，其他八個學院的宿舍在南院。出於一種殘忍和慈善兼而有之的好奇，剛進大學的女生總是成班成班的跑去那裏玩。……北院的男生，每年總會有那麼一些在追求南院的女生，用殘疾人證給女孩買春運難搞的座位票，但最後幾乎全部以失敗告終。南院願意給的接觸和溫暖是有限度的。但北院似乎不這麼想。女生們覺得尷尬，於是逃回南院了。最初的好奇心消失了，剩下的只有殘忍。而一屆一屆新進入學校的女生仍然會往那邊跑，因為那邊有好聽的音樂和會彈吉他會畫畫的男生，還有她們從未接觸過的一個世界。」摘自makiyo的博客，她畢業於周雲蓬念過書的長春大學，她寫到的細節，和周雲蓬記憶中的大學一模一樣。

我上大學的時候，特別喜歡一個女孩，她是我們的友好班級日語學院的同學。我教她彈吉他，她教

我學日語。我想給她寫情書，所以先教她學盲文。她看了情書，給我錄了盤磁帶：我無法承擔這種重負，我也是個很普通的人。將來，或許在某年某月的某一天……後來臨畢業時，我給她錄盤磁帶，就唱了這首〈恰似你的溫柔〉，還錄了合聲。那應該算我第一次錄音，拿把吉他，邊彈邊唱，用兩個答錄機，先錄遍和聲，然後把和聲錄到另一盤磁帶裏，灌製了我第一張專輯。後來唱歌可能也有這件事的影響。那盤磁帶還錄了好多歌，〈親愛的小孩〉、〈是否〉……除了她，還送給了幾個我教彈吉他的學生。後來也沒見面了。是未遂，但美好。

後來我來北京在街上賣唱，賣唱特別容易吸引姑娘。我在海澱圖書城，那姑娘在附近上班，後來一起去圓明園吃飯就認識了。我第一次去青島就是跟她一起，前幾天去青島，我還想起來這回事。那次挺狼狽，因為我到青島還想賣唱，就把音箱也拉上，在樓梯上音箱掉出來，兩個人特別焦慮地在臺階上裝東西，火車馬上又要開了。上火車是硬座，坐十五個小時，到青島租了一間平房，沒有暖氣，那是冬天，特別冷。我們從青島去南京，在南京大吵。

可能因為這種旅行並不愉快。我那時又想旅行，又想賣唱，就什麼都弄不好，還是因為沒有錢。到上海後，我又突發奇想，因為每次賣唱她都跟著我，拿杯水站在旁邊，特彆扭，我跟她說：咱們分頭走，你先去杭州，我在上海唱幾天再去。她在杭州有個同事，她就先去了。但分開兩天，心裏還特別想得慌。那是九五、九六年交接的元旦，我就去杭州找她，因為她帶的錢很少，我不放心她。

那時也沒有手機，人一失蹤就找不到了。我給她同事打電話，對方說，她搬到文三路的賓館去了。

我到文三路一看，那麼長一條街，也不知道是什麼賓館，我就挨家找。先站在房門口問：請問這裏有賓館嗎？對方說有，我再進去問有沒有這個人。那條街能找了四十多家賓館、招待所，連學校裏的招待所也問了。到晚上絕望了，進到最後一家，聽到對方說：哎，有這麼個人，她出去了，你先等等。哎呀那個心情……原來她出去找工作了，回來以後，心情特別感慨。

回北京她就提出分手。那時我又髒，又窮，又頹廢，又生活在圓明園那種地方，按照她的語言說就是：這種生活實在是太絕望了。或許剛開始還有點浪漫，但後來貧困減弱了浪漫。現在我覺得，我要是個女人，我也覺得夠煩的。

九七年又談了一次戀愛，在長沙，這次是在酒吧裏認識的。她是「湖南大學」的學生。其實那時我是跟她寢室的另一個姑娘特別投緣。那姑娘愛看書，問我，「你喜歡什麼？」「我喜歡《梵谷傳》。」「哎我們握握手，我也喜歡《梵谷傳》。」我們就握握手，「你還喜歡什麼？」「我喜歡《約翰・克利斯朵夫》」，「哎太好了我也喜歡《約翰・克利斯朵夫》。」我們再握握手。那個姑娘也寫一些東西，比較有思想。但她那個人特別嚴肅，也不笑，她到我這兒就是說：去老周那兒淨化淨化自己。她是她們寢室的偶像，有思想嘛，另一個姑娘可能就有競爭心理吧，陰差陽錯，我跟她們寢室那個姑娘好了。

前面那個姑娘，就是不會談戀愛，太嚴肅了。有一次她帶我去岳麓山爬山，在亭子裏坐了一下午，我覺得那是一種暗示吧……但是她也沒說什麼呀……我也沒說什麼。可能說的話題都太嚴肅了，沒能從文學轉到愛情來。回想起來，下山時她挺不高興的。我覺得戀愛是這樣，有個路口錯過就來不及了，好

像火候過了。實際上我跟她感覺更好。隔了很多年，我和這個愛看書的女孩再聯繫，她說她找了一個在廣州的男朋友，很老實的上班的。後來就失去聯繫了。

當然對於我來說最驚心動魄的戀愛，就是二〇〇〇年的那場。這個說過了。時間最長，感情也最激烈。〈不會說話的愛情〉就是根據那段生活寫的。

我後來覺得，愛情都是天意。它跟疾病、絕症一個道理，你沒法爭取也沒法預料，它什麼時候來，什麼時候不來——它是完全不可知的，每次愛情都是一個特例，你沒法總結一個規律。

「那些饑餓的天才、那些熱愛藝術但才氣不足的狂熱分子、那些好的壞的房東、那些員警、那些把自己僅有的生活費獻給藝術家的女學生……他們成了時代的灰燼，但讓人長久的懷念。」

——周雲蓬，〈回憶圓明園——應圓明園資料整理辦公室所邀而寫〉，

二〇〇六年一月七日

我曾經想策劃一本書，叫《條條大路通老周》，寫身邊的人，像寫傳記一樣，每個人一小段，我還分類，詩歌類、音樂類、什麼也不搞類。後來就放下了。

我有一個盲校的同學，他寫詩。他是小學六年級失明，他媽媽是老師，天天給他念書。每個暑假前，他跟我說：雲蓬，幫我買幾本書。過完暑假他就都看完了，別人都沒這個條件，像我媽媽，都不認

識多少字。開學他就這樣：雲蓬，我來給你講講我看過的書。講和看是不一樣的，他一講，你更生氣。我記得我給他買過《世界中篇名著選》，裏頭有〈一個女人一生中的二十四小時〉，還有狄倫馬特的〈拋錨〉，那一套書特別好，他每回都跟我講，氣得我。那種書，每天都要讀一百多頁才能讀完，只有自己的媽媽才能給你這麼讀。後來我就制定了一個策略，你不是看得多嗎，我就看得精，背一本《唐詩三百首》，背一千遍。那時我沒有別的書，只有唐宋詩詞、《古文觀止》、古漢語，管它什麼，拿起來就背。這一點他就不行了。他就跟我說：你這個古代文學還可以。

後來他學按摩，高中後回到丹東開了個診所。也寫詩，給《詩刊》投稿，有一年還參加了「青春詩會」。他特別喜歡《詩刊》編輯給他的評語「你的詩是中國惟一寫靈魂的詩」，但他的詩呢，就是……不太壞，很正經。作為一個盲人不容易壞起來。他會覺得，作為一個弱勢群體，你還敢壞啊，太不要臉了。所有弱勢群體都有這個問題。我基本上比他們還稍微壞一點，但也不夠壞，但多少年我總希望能擺脫道德上的約束，我憑什麼不能怎麼樣。首先我能破壞這種約束，然後我能自願遵守。要不你就特彆扭，不自由。

我的這個朋友，我沒有看他寫過一首愛情詩，就是那種私人性的、很身體的。從前，我寫歌就沒有一首愛情歌曲，後來寫了〈不會說話的愛情〉，才感覺有一段被打通了。因為你能抒發愛情，才證明音樂對你更自由了，它是你私人的，而不是一種拘束你的東西。其實我八十年代在學校寫詩也是這種，總是八十年代的殼沒脫掉。可能需要生活把你的殼一層層弄掉。如果出不來，就永遠在浪漫抒情主義的泥

潭裏，你的作品就不複雜。

來北京後，我分別住過圓明園、樹村、香山、宋莊，我把它們戲稱為「地下藝術的四大聖地」。當年在圓明園時，我們住的院子裏有個畫家，是山西一個藝校畢業的，他不跟任何人接觸，把窗子拉得嚴嚴的自己畫。畫得據說還挺好的。說別人畫得不好，被人打那個就是他，他叫小陳。他就是這麼個人，每天在院裏仰天長歎：上帝啊，請你保佑那些蠢驢吧。後來他跟一個化工大學的姑娘好，她大四退學，要嫁給他，拿他當藝術領袖。隔了有八九年，又有他們消息，我去看。他們在方莊租個平房住，那個姑娘教書，畫家還是那樣，神叨叨的：「我們不參加國內的畫展，參加就參加國外的展覽，要去威尼斯。」他畫得怎樣，我也不好評價，我也沒看過。但是他一直好像沒怎麼賣出去過畫，因為畫家要賣出去畫才能發跡。據他說，他發明了一種關於宇宙的哲學，可以通過數理推算出所有生活和藝術的基本規律，他腦子裏總是有這些宏大的藝術構想。我們在他家喝酒，不經意好像又回到圓明園時代，開始辯論：你覺得終極是什麼，我覺得上帝如何如何，後來就覺得，怎麼又開始辯論這些，感覺這麼多年都白活了。就散了。後來聽說他出走，自己把所有畫弄個車都拉走，老婆也找不著他。我就沒他消息了。

這樣的人挺多。北京很容易打擊人，這個城市像一個大機器，性格特別柔弱的藝術家，即使很有天分，也不容易……生活打擊他幾次，耽誤兩年，酗酒，抽煙，自己毀兩年，才氣很快就消失了。才氣也會消滅的。很多人當年見的時候很有才氣，後來再見，感覺光澤退了，而生活中還沒找到普通人的位置。這樣會越來越偏激，但又不願意離開北京。

在圓明園時，大家天天端著碗蹲在一起吃晚飯，有個小伙子，每天晚上端碗粥，拿本《聖經》在院子裏走來走去，他後來老覺得腦子裏被安了竊聽器，有點瘋狂。沒事就說：你借我兩塊錢，我得去中南海一趟，今年洪水的問題我得跟總理談一談。後來，他爸爸來把他送到安徽的精神病院，再回到圓明園的時候，人就變得木木的，溫柔多了。

還有一個湖北小伙子，我們住在一起，他特別能生活，躺地上能睡著的那種。有次他抓了一些蝌蚪，到學校門前賣，兩毛錢一個，還插了塊牌子，號稱「搖滾牌蝌蚪」。他擅長直接跟小姑娘搭訕，比方看見人家在路上吃蘋果，他就走過去說：好吃嗎，還有沒有，給我一個。碰準了能遇到知音，碰不準就挨一通白眼。他開闢了「唱教室」這種賣唱的新領域，也是這一行裏最牛的，靠這個掙了五萬塊，回家蓋房子，養兩匹馬，還有一頭牛。他家住在長江邊上，就在河灘上拉遊客騎馬。

在樹村，我有個成都的朋友，他對一個人的最高評價就是：挺神的。有一回他發起了「揭露日本人害死黃家駒的真相」的運動，到處宣傳，發傳單，但沒人理他。後來面臨拆遷，他又發起一個「抵制樹村拆遷」的運動，號召所有的樂手都在自己的房子裏畫壁畫，把樹村變成北京的莫高窟，這樣就沒人敢拆了。還有一次大家去游泳，他不會水，一下水就沉下去，拼命冒出水面時他文縐縐地說：「哎，救一下。」大家沒當回事。第二回冒頭，還是說「救一下」，還沒人理他。等到第三次出來時，他終於大喊：「救命啊。」後來人們評價他是最神的。去年我在麗江又遇見他，當地有個黑社會老大，有次我們一起喝酒，老大說「我的爸爸曾經是將軍」，他冒冒失失地接了一句「其實我就是將軍」，弄得老大大

怒，讓他立即在麗江消失。這麼多年，他還是那麼地神。

我在香山住時，遇到過一個當年在圓明園寫詩的老混混，和圓明園時一樣，喝多了就開始朗誦。他寫過一個長篇詩歌：十八個高潮，朗誦完得一個小時，你想想，詩歌能朗誦一個小時，太痛苦了。有的時候我們吃火鍋，他就要朗誦，「下面，我給大家朗誦一個——」「別啦，老哥，注意，打住，千萬別朗誦，吃飯呢，等吃完我們出去。求你了。」有初來乍到的還挺感興趣：您朗誦一下吧。我們就竊笑，又一個人要受折磨了：保證先是注意聽，過一會，失神。再過一會，忍著。再過一會，不耐煩。再過一會，就要尋找逃跑路線。整個香山有很多這樣的圓明園餘孽，但跟當年比，很多人有了暮氣。生活往往把很多人磨得只有藝術尊嚴，沒有藝術作品。很多藝術家混得沒有作品，但你覺得他是個藝術家，他也覺得自己是個藝術家。雖然他只有藝術家的架子，但他能談，談理論、風格，很行。他進入一種催眠的氛圍裏了。那樣的人，有錢還行，就是附庸風雅而已。但要沒有錢會很慘，讓人嘲笑。

還有一個朋友是張佺。我是小索去世後才跟張佺熟起來。巡演經常會遇見，我更熟悉他現在的形象：背著一個冬不拉，還有自己的唱片，像一個音樂貨郎一樣到處行走。他現在就是在雲南生活一年，再出來巡演一年，沒有更高的名譽和榮譽的期待，所以他不簽約，也不靠別人推廣唱片，完全是自給自足的音樂人。我還是受到他的啟發，賣《中國孩子》時，也自己背著唱片，一個人到處演。他特別有定力，現場唱歌從來不煽情，總是在自己的音樂裏不溫不火，感覺他無所求於觀眾。我們有時聚會，他不喜歡人多的場合，就不聲不響地走掉。

現在他的到處遊走，是一個有根的遊走，他在麗江有一個家，今年還生了個女兒。他經常在麗江的街頭賣唱，我看到有人在博客裏提到他，說看到他坐在地上，頭髮花白，唱著歌，好像替他覺得心酸。其實這是他跟音樂發生關係的一種方式，而且他能放下過去「野孩子」的榮譽，這需要很大的定力。去年「雪山音樂節」後，他幫我們在麗江策劃了一個演出：下午在酒吧，不用消費酒水，手機都要關機，不收門票。他告訴觀眾，可以用這種方式聽歌。唱了那麼多年煙薰火燎的酒吧，這種演出特別清涼。

當然，在北京對我影響最大的，就是小河。從唱酒吧，到出專輯，一直都跟他在一起。我們九七年在酒吧裏認識，當時他的樂隊叫「液體」，是重金屬風格，挺愛翻唱竇唯的〈噢！乖〉。他的音樂跟我過去接觸的都不一樣。他喜歡翻唱各種老歌，不在乎這歌原來什麼樣，只要翻唱出自己的感覺。他後來做實驗音樂，是建立在他對流行音樂的各種旋律、套路已經爛熟於心的基礎上，並不是直奔實驗。他從來不願意老老實實把一首歌唱完，但偶爾老老實實唱完一首歌，肯定特別動情。很多人喜歡他翻唱我的〈不會說話的愛情〉，覺得他唱得更私人，更溫暖。其實剛寫完這首歌，我自己很少唱，因為覺得是個很私人的情緒，不知道在公眾場合唱是什麼感覺。反而是他一直說好，在很多場合唱，很多人包括張曉舟都是通過他的翻唱才知道這首歌。

九八年我回北京時，他在白石橋的民謠酒吧裏唱歌，這一次見面，音樂上尤其是創作上的交流就多起來。他那個人特別隨和，愛幫朋友，那時我唱得也不好，他就拼命鼓勵我。他的音樂挺暴烈，但生活裏他特別細緻，會照顧人。他跟女朋友之間特別有意思，自己在家裏牆上寫著：小河永遠沒理。

我們屬於兩個極端。小河讀書很少，但他的文字還挺好。他媳婦說他沒文化，唐朝宋朝哪個在前都不知道。他就是這樣，很多常識他都缺乏，但他專一，他的生活就是做音樂，像錐子一樣，所有的力量都集中一點。他有想像力，特別靈動。我比較沉，有點悶。我們一起做我的第二張專輯時，我得老盯著他：「這段別加了，」你要由著他，他能給你加得稀奇古怪，他就喜歡不斷無限的變化。我們音樂上觀念有出入，但根子裏互相不排斥，別看他現在做實驗探索，其實他特別喜歡旋律簡單又好聽的歌，演出時經常翻唱〈青春舞曲〉、〈南屏晚鐘〉、〈月亮粑粑〉，我也常翻唱這幾首歌，但我們的處理截然不同。我們還都喜歡三十年代舊上海的靡靡之音。

我們平時接觸並不多，都是有演出才聚在一起。平常北京太大，見個面也不容易。我看他現場，覺得有啟發。他的歌是消解型的，因為他放過羊，幹過軍隊炊事班，是從民間普通人、沒有任何道德包袱過來的。我是從八十年代那種英雄主義過來的。所以，我經常會參照他，消解自己身上的一些附加的意義。我們一起看過文德斯的記錄片《樂士浮生錄》，他說將來我們這些人老了以後，如果還能像這樣在舞臺上一起演出……

這個採訪是從七月份開始做，七月時，周雲蓬住在雍和宮後面的藏經館街。那是一個老社區，沒有電梯，他住五樓，深夜演出完，他能熟練地摸著樓梯扶手，一層層找到自己的住處。他的窗戶上沒有窗簾，但掛了一串風鈴。往下看得到雍和宮後院，晚上，能聽到喇嘛們做晚課的頌經聲。

再過一個月，這間房子就要被房東收回，以更高的價格租給別人。「從此要退出二環，重回四環外。」八月份正是奧運，房價漲了，而且還不好找。他還是想住平房，讓朋友幫他留心，「有暖氣能洗澡就行。」他說。

這是他在北京第幾次搬家？他自己都記不清。圓明園——樹村——西北旺——草場地——通縣——香山——宋莊，除了目前住處，前面一溜都是「藝術家聚集地」，藝術家同時也是窮人，他住過這個城市所有最窮的地方，從北五環到東六環外。像這樣住在二環內，這麼多年只有這幾個月。

採訪到尾聲時，周雲蓬找到了新住處，這一次，他借住在清華一位研究NGO組織的出國老師的教工宿舍裏。房間朝北，七八平方米的臥室裏，擺了三把琴後顯得侷促，他要當心別讓自己把琴踢翻。他買了幾盆花放在客廳，因為出去演出，他的花兒經常澇一天旱三天地活著。

一進他現在的住處，首先看到的是臥室裏頂天立地的大書架，兩面牆全是書，他自嘲說：我住在一個全是書的地方，可我一本也看不了。他還是用MP3「看」書，把MP3的語速調得很快，不好聽，但省時間。只有讀詩的時候，他才會把語速調慢。除了《資治通鑒》、《詩經》，他也裝了《鬼吹燈》、《天機》。我說，你還看《天機》？「恐怖小說，寫得不好，」他反應得很快。

因為跟一些NGO組織的接觸，周雲蓬計畫要做一個「音樂照亮生活・貧困盲童幫助計畫」的活動，找歌手錄製一張童謠專輯，銷售收入全部用於購買MP3及樂器送到盲童手裏。「盲童是社會裏最沒有新聞價值，最被鏡頭忽略的群體，但他們很多人是音樂上的天才，如果在童年時能接觸到好的音樂，

或有件樂器，對他們人生將意義重大。」他捐贈的禮物和他的目的，無形中印證了二十四歲大學畢業生周雲蓬在畢業紀念冊上寫的人生信念：人生如果不是作為審美對象，它便毫無意義。這麼多年，他比剛到北京時重了三十多斤，老了十幾歲，從詩人轉變成一個歌手，提起自己剛到圓明園時寫的「我窮得只有夢啊」的歌詞就露出自嘲笑意，一切都變了，但「**人生應該是審美的**」這一信念從未改變，一起沒改變的，還有人應該活得有尊嚴，應該自由。就像有人質疑他的計畫：還不如讓盲童們吃飽飯更現實——但人活著，從來不應該僅僅滿足於吃飽飯，周雲蓬設想著盲童可以因為音樂而擁有一樣謀生之技，從而可以不那麼依賴別人，甚至獨立而自由地活著，這，就是他多年來一直渴望達到，也終於達到的人生。雖然這個過程艱難，並且這種艱難是持續性無法克服的，比如他做這個公益活動，細節、文案、聯繫歌手、找錄音室，他都能應付，但當有人提出願意贊助一部分錄音費用時，因為身邊沒人，周雲蓬看不到自己的銀行卡號而無法發給對方，就只能等到第二天找朋友幫他看。一切障礙都能絆倒他，而人的尊嚴就在此刻顯露。

十月十五日他在「江湖」有場演出，那天也是國際盲人節，他把演出門票收入中屬於自己的那一部分，先給收到資料裏的一個貧困盲童買了一個MP3，加上一位網友為另一個盲童贊助的羽絨服，先期找到的兩個盲童都已經得到贊助。現在的問題是找不到盲童，尤其是那些沒有機會上學的農村盲童。

他還憧憬著能再去外地住上半年，大理、西藏、南京……他的目標名單越拉越長，但同時他的演出也越來越多，還有這個拖著無數問題的盲童計畫，這些都像沉甸甸的墜子，讓他離不開北京，他的旅行

更多時候只好在想像中完成。傍晚到他在清華的住處，走過一條走廊，兩邊的小屋子都亮著燈光，只有他那一間黑著燈，他就坐在這黑暗中，處理著現實的喧嘩和想像中的壯麗。

〈附錄〉

關於張慧生的瑣憶

胡續冬

……我深信，我永遠是這塊親愛土地上的
那個嘔吐詩句像嘔吐出一朵朵嗆人的花的
那個春天的酒鬼。

——黑大春〈圓明園酒鬼〉

作為一個生活規律得像是提前進入了頤養天年階段的中年男人，我已經很少晚上出去泡夜店、聽演出了。但總會有一些意想不到的機會，能讓我現場聽到周雲蓬演唱的〈九月〉。每聽一次，我這個一貫善於滿世界找笑點的人都會忍不住哭得像個窩囊廢一樣。周雲蓬醇厚、遼遠的嗓音與海子蒼涼、悲愴的詩歌完美無瑕的結合自然是催人淚下的主要原因，但對我來說，這首歌之所以聽起來格外傷感，還有另外一個很個人化的原因：這首歌背後不止海子一個亡靈，它的作曲者、曾經有恩於我的音樂俠客張慧

生，也已經不在人世八年了，而且，和海子一樣，他也是選擇自殺。

我注意到，無論是將〈九月〉在世間傳唱的周雲蓬，還是在詩樂結合的〈圓明園酒鬼〉中緬懷舊日的黑大春，都會在演出現場或是訪談、隨筆中特別提到張慧生，想讓更多的人記住他。然而，對很多喜歡〈九月〉的人來說，張慧生這個名字依然像「遠在遠方的風比遠方更遠」。這次雲蓬兄囑我寫點關於慧生的文字，說實在，我完全不知道該寫些什麼。對這樣一位在民謠的草原上像一片野花一樣兀自絢爛又兀自隱去的兄長，我對他的身世、他的內心、他的音樂造詣了解得少之又少，我都不能肯定我算不算他的朋友。如果在他慷慨敞亮、義薄雲天的精神世界裏，像我這種在他周圍打醬油的小兄弟也算得上朋友的話，我姑且可以記下些許瑣憶。

慧生開始玩音樂，是上個世紀八十年代的事情了，那時候我還是個小屁孩，也還沒有來北京，對他當年事蹟毫無概念，只是後來老是聽人說，慧生早先曾是「扒帶子」記琴譜的超級高手，那時候很多玩吉他的人參習的琴譜都是慧生扒下來的，他似乎在侯德健的樂隊裏玩過，據說崔健對他的琴技也讚不絕口。慧生一直非常低調，比起那些刻意混圈的人，他更像個地地道道的散仙。到九十年代中期的時候，按說他已經算是音樂圈裏頗有地位的前輩了，可他依然租著小平房住在貧窮藝術家雲集的圓明園畫家村，教教吉他寫寫歌，喝著小酒自得其樂。

我就是在圓明園畫家村第一次見到慧生的。大概是在一九九四年左右吧，那一陣我還在北大念本科，一天到晚不好好學習，盡往圓明園畫家村裏跑，說是去跟藝術家們縱酒論道，其實主要是去找女藝

術家瞎玩。有天晚上，我在福緣門那邊一個畫畫的姑娘租的小房子裏喝高了，稀里糊塗地就留宿在那兒了。第二天一早，一陣急促的叩門聲把我驚醒了，我以為是人家姑娘的正牌男友回來了，有點發慌。姑娘說：「沒事兒，一定是慧生大哥。」小木門一開，一個身形高大的長髮義士閃了進來，拎著一袋包子，一口地道的京腔：「丫頭，今兒我難得早起，給你帶了點吃的，老不吃早飯可不成。」一瞅見屋裏還有我，義士樂了：「這小兄弟也吃點兒，你瞧你，瘦得跟非洲難民似的。」說完，撂下包子，從門外的一座小木橋上虎虎生風地走了。姑娘告訴我，這義士就是村裏著名的吉他聖手張慧生，因為是北京人，對村裏新來的藝術盲流們照顧有加，人緣特好。

後來我和慧生在畫家村裏又見過幾面，都是人比較多的場合，隱約記得好像還被慧生灌過酒，吐得一塌糊塗。慧生是個極為率真的人，喝酒的時候天南海北聊什麼都成，就是聽不得人裝逼，一有人滿口不著四六地談文藝談思想，慧生就猛灌他。估計我被灌也是因為那時候比較二，在江湖上行走時不時還得靠幾句生搬硬套的術語壯壯膽。有一次還撞見慧生酒後打架，不過不是發酒瘋，是替人打抱不平，把兩個欺負小女生的地痞打得遍地找牙。他打架的時候特別威武，有點金毛獅子謝遜的意思，標準的戰神範兒，而一旦抱起吉他彈起琴來，又特別地安靜、專注，像嵇康在樹下打鐵。

真正和慧生交往得稍微多點，還是在我念研究生以後，大概是九七、九八年那段時間。因為愛玩，我一個連簡譜都得掰著手指頭數著認的樂盲詩人居然和北大校內外一幫新老音樂青年混在了一起，他們中有的人彈琴是慧生手把手教出來的，有的人琴技深受慧生的影響，總之，人家伙都特別敬重慧生，經

常去找他玩。那幾年圓明園西門一帶的畫家村已經被有關機構像盲腸一樣切除了，慧生沒有像其他藝術家一樣往宋莊、樹村之類的地方遷移，他離不開圓明園那個獨特的氣場，於是就在圓明園東門那邊租了個房子。那房子很不錯，雖然很簡陋，但正對著一池湖水，騎車經過一人多高的蘆葦叢去見慧生的時候，頗有拜謁隱士的感覺。

我至今還記得有一個夏日的午後，我騎車跑到慧生家前面的池塘去釣魚，在烈日下坐了半天，一條小魚也沒釣上，卻聽見慧生的屋子裏傳來了兩個吉他高手飆琴的絕響。我走進屋，看見慧生和一個穿得特像鄉鎮企業家的土了吧唧的老哥們兒盤腿坐在地上，一人抱著一把琴在樂呵呵地對彈。所謂大隱隱於市，我打死也想不到剛才聽到的絕妙琴聲竟是那位土老哥彈出來的。慧生介紹說，那老哥哥是早年間在天津教琴的時候結識的故人，雖然不做音樂已經很多年，但琴友重逢，自然要以琴聲敘舊。整個一下午，我都坐屋裏聽著，給他倆沏茶加水，基本沒說話。他倆更沒怎麼說話，只管你一曲我一曲地彈著，你一個Dire Straits，我一個Led Zeppelin，你套上布魯斯滑棒，我架上口琴，彈的恰好都是我喜歡的曲子，聽得我神清氣爽，彷彿同時被兩個武林耆宿輸入了真氣。夕陽西下，天津老哥在和慧生合奏完最後一曲羅大佑之後放下了吉他，胳肢窩裏夾上了一個鄉鎮企業家制式小公事包，拍了拍慧生的肩膀說了聲「保重」，就從蘆葦叢那邊絕塵而去了。我完全看呆了，慧生意猶未盡，突然提出要教我學琴，窘得我立刻騎車遁走。現在想來，真是後悔萬分。

一九九八年的夏天，我人生中遇到了一個坎，各種煩心事兒攪一塊兒了不說，還因為一點破事兒和

成府路的黑道結上了樑子，被一群小混混追殺得四處躲藏。有一天我躲到了慧生那兒，慧生得知個中原委了之後，大罵我沒出息，這麼點狀況就愁得跟條廢柴似的，以後怎麼安身立命。罵歸罵，慧生一邊把我安置在他那兒住著、吃著，還給我彈琴解悶，一邊親自出面，找了個海澱這片金盆洗手很多年了的一個黑道前輩幫我擺平了追殺這檔子事兒。這件事兒對我影響非常重大，以前我仗著自己曾經在中學的時候當過小混混，總是愛裝牛逼、愛瞎激動，真到了被追殺的時候，才體會到什麼叫恐懼和無力：就算我再怎麼叛逆，我也已經被學院的環境無形中改造成了「百無一用是書生」的形態。慧生這位古道熱腸的兄長在這個節骨眼上拉了我一把，讓我渡過了難關，更讓我在認識到了自己的虛妄之後開始努力做個靠譜的人，這個大恩，我永世難忘。

一九九九年之後我和慧生往來得少了，一是因為開始有了一攤自己的事兒，更主要的原因是我已經永久性地戒酒了，再不能陪著慧生開懷暢飲。但時不時，我和他也還是能在北大靜園草坪上見到，大家伙兒圍坐彈琴唱歌，罵一切可罵的、笑一切可笑的和不可笑的。我最後一次聽慧生唱歌就是在靜園草坪上，大概是在二〇〇〇年的夏天。那天好幾撥人無意中湊一塊兒了，在琴上行走的朋友很多，印象中除了慧生，還有楊一、許秋漢、陳湧海、大楊、王敖、石可等人，還有現在不知是否尚在人世的詩人馬驊，那晚我似乎是第一次聽馬驊彈唱他寫的絕唱〈青蛙〉。那天晚上慧生彈得非常盡興，唱了他譜曲的〈九月〉，也唱了他寫的〈圓明園的孩子〉。〈九月〉其實我在那之前就聽過很多次，但不知為何，那晚在盛大的星空下聽這首歌，感覺尤其強烈。

我是九〇年代初讀著海子的詩開始寫詩的，儘管後來寫的路子完全不同，但我對海子一直有一種村裏出來的土孩子對鄉村教師的崇敬和感激之情。那時候已經有不少人在給海子的詩譜曲了，但我覺得很多都是瞎胡鬧，氣場完全不搭，只有慧生譜的〈九月〉，聽得我既覺得揪心又覺得酣暢，仔細想來，可能是因為在慧生的內心世界裏面，有一條和海子的精神世界相通達的荒涼而寂寥的大道。海子這首詩悲氣太重，如果要用音樂演繹出來，必須得有一種很有力量的東西把刺骨的悲氣控制住，讓它往開闊的地方走，而不是一味地滲到骨髓裏自我消融掉。慧生的彈唱恰好就達到了這樣的效果，他彈吉他的手法很獨特，勁道很足，他的聲音也異常蒼勁，足以和悲氣相抗，所以他演繹出來的〈九月〉讓聽的人幾乎有過耳難忘的震撼感。當然，後來周雲蓬重新演繹的〈九月〉也是經典中的經典，雲蓬的聲音裏有和慧生不一樣的另一種強大的力量：包容力，吸納一切蒼涼並為一切悲傷的事體安魂的包容力。

二〇〇一年秋天，我聽說慧生狀況不是很好，那時候他已經搬出了圓明園東門，生活發生了一些變化。我一直琢磨著哪天去看看他。二〇〇一年十一月的某天晚上，我記得特別清楚，那天是獅子座流星雨，我溜達出去看天上的熱鬧去了，那陣子我用的是愛立信大磚頭手機，帶著不方便，就擱在了宿舍裏。等我深夜回來的時候，看見有一個未接來電，撥回去，是個公用電話，大概就是慧生住的那一帶的，我沒怎麼在意，以為慧生酒癮犯了，打電話拽人喝酒來著。幾天後，我得知一個噩耗：張慧生在租的房子裏上吊自殺了，就是在獅子座流星雨那個晚上。很長一段時間，甚至直到現在，我都一直在琢磨，為什麼他會選擇流星雨之夜離開人世，而那個電話如果打通了，他又會對我這麼一個比較邊緣的小

兄弟說些什麼話，我又能怎樣勸他。他幫我邁過了人生中的一道坎，而我卻沒能幫到他什麼，這麼簡潔明了的對比，是個人心裏都不會好受。

慧生長得很帥，人中凹得特別鮮明，給人一種特別值得信賴的耿直感，有時候會留兩撇很樸拙的小鬍子。慧生辭世以後有那麼幾年，滿大街都是切・格瓦拉的頭像，我總是覺得這哥們兒的模樣有點像什麼人，有一天我突然想起來，對身邊新一茬朋友說：「我發現切・格瓦拉長得特別像張慧生！」可惜，這新的一茬朋友裏面沒人知道他。我曾經一度以為慧生的〈九月〉會像〈廣陵散〉一樣和他的熱忱、他的友善、他的慷慨大氣、他的一九八〇年代一道在世間消失了，沒曾想到後來又聽見了周雲蓬根據慧生的曲子整理、傳唱的〈九月〉。我想慧生若是在天國得知此事，亦會開心得邀海子一道暢飲通宵。有多少人知道張慧生並不重要：一個歌者消失的生命和一首歌完全融為了一體，並在一個又一個惺惺相惜的歌者的嗓音中若隱若現地、無限次地復活，這正是我們熱愛這個世界的理由之一。

盲人影院

摘自《沉默如謎的呼吸》專輯　詞・曲／周雲蓬

這是一個盲人影院，
那邊也是個盲人影院。
銀幕上長滿了潮濕的耳朵，
聽黑蟻王講一個故事。

有一個孩子，九歲時失明，
常年生活在盲人影院。
從早到晚聽著那些電影，
聽不懂的地方靠想像來補充。

他想像自己學會了彈琴，
學會了唱歌，還能寫詩。
背著吉他走遍了四方，
在街頭賣藝，在酒吧彈唱。

他去了上海蘇州杭州
南京長沙還有昆明。
騰格里的沙漠，阿拉善的戈壁
那曲草原和拉薩聖城。

他愛過一個姑娘，但姑娘不愛他，
他恨過一個姑娘，那姑娘也恨他。
他整夜整夜地喝酒，朗誦著號叫。
(白)我看到這一代最傑出的頭腦毀於瘋狂。

他想著上帝到底存在不存在，
他想著魯迅與中國人的惰性。
他越來越茫然，越來越不知所終，
找不到個出路要絕望發瘋。

他最後還是回到了盲人影院，
坐在老位子上聽那些電影，
四面八方的座椅翻湧；
好像潮水淹沒了天空。

中國孩子

摘自《中國孩子》專輯　詞・曲／周雲蓬

不要做克拉瑪依的孩子
火燒痛皮膚讓親娘心焦
不要做沙蘭鎮的孩子
水底下漆黑他睡不著
不要做成都人的孩子
吸毒的媽媽七天七夜不回家

不要做河南人的孩子
愛滋病在血液裏哈哈的笑
不要做山西人的孩子
爸爸變成了一筐煤
你別再想見到他

不要做克拉瑪依的孩子
不要做沙蘭鎮的孩子
不要做成都人的孩子
不要做河南人的孩子
不要做中國人的孩子
餓極了他們會把你吃掉
還不如曠野中的老山羊
為保護小羊而目露凶光

不要做中國人的孩子
爸爸媽媽都是些怯懦的人
為證明他們的鐵石心腸
死到臨頭讓領導先走……

關山月

摘自《牛羊下山》專輯　詞／李白　古曲／周雲蓬

明月出天山，蒼茫雲海間。 長風幾萬里，吹度玉門關。
漢下白登道，胡窺青海灣。 由來征戰地，不見有人還。
戍客望邊色，思歸多苦顏。 高樓當此夜，歎息未應閒。

國家圖書館出版品預行編目資料

春天責備 / 周雲蓬著； --初版--
臺北市： 華品文創, 2011.09
面；14.8×21 公分

ISBN：978-986-86929-6-1 (平裝附光碟片)

851.486　　　　　100015848

周雲蓬詩文集：
春天責備

作者 —— 周雲蓬
總經理 —— 王承惠
總編輯 —— 陳秋玲
財務長 —— 江美慧
印務統籌 —— 張傳財
裝幀設計 —— 翁　翁・不倒翁視覺創意 onon.art@msa.hinet.net

出版者 —— 華品文創出版股份有限公司
100台北市中正區重慶南路一段57號13樓之1
服務專線：(02)2331-7103或(02)2331-8030
服務傳真：(02)2331-6735
E-mail：service.ccpc@msa.hinet.net
部落格：http://blog.udn.com/CCPC

總經銷 —— 大和書報圖書股份有限公司
台北縣新莊市五工五路2號
電話：(02)8990-2588
傳真：(02)2299-7900

印刷所 —— 卡樂彩色製版印刷有限公司
初版一刷 —— 2011年9月
定價 —— 平裝新台幣320元
ISBN —— 978-986-86929-6-1